立天觀井

입천관정

하늘에 서서
세상을 관조하다

立天觀井 입천관정

1판 1쇄 발행 2023년 4월 19일

저자 최덕영

편집 문서아 **교정** 신선미 **마케팅·지원** 이진선

펴낸곳 (주)하움출판사 **펴낸이** 문현광

이메일 haum1000@naver.com **홈페이지** haum.kr
블로그 blog.naver.com/haum1000 **인스타그램** @haum1007

ISBN 979-11-6440-336-3 (03810)

좋은 책을 만들겠습니다.
하움출판사는 독자 여러분의 의견에 항상 귀 기울이고 있습니다.
파본은 구입처에서 교환해 드립니다.

詩集을 시집보내며

시인은 꽃의 아름다움을 찬미하는 사람이 아니라 꽃이 되어 인향을 널리 퍼트리는 사람입니다.

누군가 저에게 "독서란 무엇인가?"라고 묻는다면 저는 "독서란 心田(심전)에 거름을 주는 작업이다."라고 말할 것입니다.

비옥한 땅에서는 어떤 씨앗이 떨어져도 잘 자라지만 박토에서 좋은 열매를 기대하는 것은 어불성설입니다.

마음 밭이 비옥해지면 비단, 글 쓰는 것뿐만 아니라 다른 어떤 일도 잘할 수 있으리라 생각합니다.

우리 선현들은 독서를 통한 깨달음의 경지를 '萬罷卷(만파권)'으로 보았습니다. 물론 만 권의 책을 읽는 것이 쉬운 일은 아니지만 독서의 중요함은 백 번을 강조해도 부족함이 없습니다.

책을 많이 읽으십시오.

여러 분야의 책들을 골고루 읽으셔야 합니다.

편향된 독서는 여러분의 사유를 坐井觀天(좌정관천)하게 만듭니다.

한 권의 책 속에는 저자의 인생이 고스란히 녹아 있습니다.

직접적인 경험이 우선하지만 독서를 통한 간접 경험 또한 중요합니다. 책을 읽고 나서, 혹은 책을 읽는 중이라도 무엇보다 중요한 것이 사색입니다.

사색하십시오.

사색은 소가 되새김질 하는 것처럼 소화를 돕고 영혼을 살찌웁니다.

저는 어린 시절부터 책을 참 좋아했습니다.

처음엔 친구들 책을 빌려 읽다가 옆집, 앞집, 뒷집, 그러다가 온 동네 책을 다 빌려 보았는데, 어느 날 당나라 시인 두보의 '독서만파권 하필여유신'이란 이 말 한마디가 심장에 박혔습니다.

이는 '만 권의 책을 읽으면 누구나 신들린 듯이 글을 쓸 수 있다' 라는 말입니다.

그때부터 저는 미친 듯이 책을 읽었습니다. 그랬더니 언제부터인지 미친 듯이 글이 써졌습니다.

그러던 30대 초반의 어느 날, 홀로 산책을 하다가 문득 스스로에게 이런 반문을 하게 됩니다.

"내가 왜 이렇듯 미친듯이 책을 읽고 미친듯이 글을 쓰지?"

독서만파권하필여유신!!!

저는 집에 돌아와 그동안 써 놓았던 라면 상자 6개 분량의 원고를 마당에서 모두 태워 버렸습니다.

내가 쓴 글 속에는 내가 없었습니다.

깨달음이 없습니다.

그저 그것들은 읽었던 책 속에서 작가의 지식과 경험, 사상을 가져와 짜깁기한 쓰레기 더미일 뿐, 그 속에는 깨달음을 통한 통찰의 발현이 전혀 없었습니다.

두보의 그 한마디 말에 내 인생이 바뀌듯, 내가 쓴 글을 읽은 누군가의 인생이 바뀔 수 있다는 사실에 몸서리가 쳐졌습니다.

그 후 20년 동안 글을 쓰지 않았습니다.

그리고 단 한 권의 책도 읽지 않았습니다.

詩(시)는 고착화된 일반적 통념에 대한 覺者(각자: 깨달은 자)의 반론적 사상의 반영입니다.

읽었던 글들이 심전에서 썩고 발효되어 새로운 싹이 틀 때까지 부단히 성찰하며 사유하는 인고의 삶을 살았습니다.

글이란 양면의 칼과 같습니다.

좋은 글은 그 글을 읽는 독자의 영혼을 풍요롭게 하고 올바른 길로 인도하지만, 잘못 쓰여진 한 권의 책은, 아니 한 페이지, 한 줄, 잘못 컨택된 하나의 단어가 그 글을 읽는 누군가의 인생을 피폐의 길로 인도할 수 있다는 사실을 늘 가슴에 새기며 살았습니다.

시인은 자아의 신기루 속에서 유토피아를 꿈꾸는 자가 아닙니다.

수많은 책을 읽고 수많은 경험을 하고 깊은 사유의 질곡을 지나 끝없는 자기성찰을 통한 인식의 깨달음을 얻어 범계의 울타리를 뛰어 넘을 때 아름다운 시는 비로소 꽃을 피웁니다.

중학교 1학년 때 신장염에 걸렸습니다.

그 당시 집안이 워낙 가난해서 병원에 가는 일은 엄두도 내지 못했습니다.

아버지가 일찍 돌아가시는 바람에 소년가장으로 살며 병마와 사투를 벌여야 했습니다.

닥치는 대로 일을 했습니다.

안 해 본 일이 없었습니다.

절박함은 언제나 극단을 치닫게 했습니다.

7년 만에 병이 완치되던 날, 이른 새벽부터 산에 올라가 밤늦게

까지 두 가지 명제를 놓고 깊이 생각했습니다.

나의 길을 가느냐!

가장으로 사느냐!

내 평생이 달린 문제였기에 내 안에서는 수많은 갈등과 반목이

계속됐습니다.

歸決된 自意,

살다보면 하기 싫고 원하지 않지만 어쩔 수 없이 자신의 결정에

의해 그것을 해야만 하는 상황이 발생됩니다.

이것을 저는 '귀결된 자의'라고 말합니다.

해가 지고 땅거미가 질 무렵 저는 울면서 산을 내려왔습니다.

그리고 다음 날 아버지 산소에 가서 약속을 했습니다.

어머니 잘 섬기고 어린 동생들에는 아버지로 살겠다고…

동생들이 커 가고 직장 생활로는 가계를 꾸릴 수 없게 되자 어쩔

수 없이 돌파구를 찾아야 했습니다.

그래서 하게 된 것이 포클레인 기사였습니다.

전국의 공사 현장을 떠돌며 일을 했습니다.

하지만 단 하루도 손에서 책을 놓은 적은 없었습니다.

야간 작업을 마다하지 않고 일하면서도 만파권을 향한 도전을 계속했습니다.

하루에 2시간 이상 잠을 자지 않았습니다.

만파권을 끝내고

20년 간의 절필,

20년 간의 사유…

그리고 지천명의 나이가 되어

글쓰기를 시작하여 환갑의 나이가 되어 깨달음의 편린들을 시로 승화시킨 시들을 퇴고하고 시집으로 엮어 독자의 안위를 걱정하는 마음으로 조심스럽게 내 품을 떠나보냅니다.

2023년 3월

만경 최덕영

1부

아침의 단상

◦ 유형의 분류

3류는 느낌을 말하고
2류는 생각을 말하고
1류는 깨달음을 말한다

4류는 액면을 말하고
5류는 남의 말을 하고
6류는 구워 먹는다.

자화상(歸結된 自意)

어쩌면 나는
가두리 낚시터 안에 갇힌
절망에 절여진
한 마리 물고기일지도 모른다
살아있지만, 허기에 지치면
크릴 속에 바늘이 있음을 알면서도
살기 위해
죽음을 선택할 수밖에 없는

한 무리의 물고기 떼들이
가두리 안에 풀려지는 순간,
그들은 자유를 만끽했다
푸른 남해바다의 품을 떠나
물고기 운반차의 수조에 담겨
알 수 없는 운명의 먼 길을 달려올 때
좁은 수조 안의 물은 죽음의 늪이었고
기포 발생기에서 뿜어나오는 산소 방울은
더 한 번 그 고통을 가중시켰다
심한 멀미에 구토를 하며
서로의 몸이 부딪혀 생채기가 나도
그들이 확신할 수 있는 것은
아직 살아있다는 사실 하나뿐
그 옛날 설국열차에 태워져
동토의 땅 사할린으로 강송된

우리의 선조들처럼
그들은 그들의 운명에 대해
가늠이 불가했다

그들은 몇 날 며칠을
자유로운 지느러미로 힘차게 물살을 가르며
비교적 넓은 가두리 낚시터 안을
헤엄쳐 다녔다
빙빙 돌고 또 돌고
돌다가 지쳐
뱃가죽이 등딱지에 붙을 즈음,
그때서야 그들은
또 다른 자유의 방임이란 그물 안에
갇혔음을 인식했다
그들은 극단적 선택이 극단이 아니라
선택의 여지에 대한 선택지의 부재임을 절감했다
그리고 마침내 미끼를 물었다
자발적 자의가 아닌
귀결된 자의에 의해….

수면 위에 떠 있는 한 점의 찌를 바라보며
수많은 상념과 번뇌의 골짜기를 헤엄치던
물고기 한 마리가
존재 허구의 민낯을 외면하며

진실의 이면을 따라 뭍으로 올라온
물고기 한 마리를 바라본다
지금, 이 순간
바늘에 걸려 나와 땅바닥 위를 뒹구는
저 물고기의 펄떡임은
살아있음에 대한 반증일까
괴리된 삶에 대한 허탈일까
은하계의 어떤 별에도 어린 왕자는 없고
극지방의 어떤 곳에도 따뜻한 신의 입김은 없었다
가치가 무의미의 편린처럼 길바닥을 구르고
정의가 권력의 치마폭에 쌓여 체온을 잃을 때
도덕적 해이는 강물처럼 흘러
물고기의 한 눈을 마비시켰다
오늘도 사람들은
고래 등짝에 붙은 따개비처럼
종교의 허울에 붙어 신명 나게 죄를 짓고 회개하며
세탁을 반복했다

저 물고기는 그랬을 것이다
살아있음이 버거워
작심을 하고 미끼를 향하는 찰나
목에 건 삶의 물음표를 던져버리고
여지가 없는 선택을 해야만 했겠지
크릴을 무는 순간,

가시나무새의 슬픈 전설을 생각하며

어쩌면 무능한 신의 심장에 비수를 꽂는

카타르시스를 느꼈는지도 모른다

갑자기 미동도 않은 채

마치 삼계를 탈각한 도인처럼

나를 바라보는 맑은 눈,

그 속에 내가 있다.

觀照 行間(관조 행간)

하늘을 나는 비행기도
멀리서 보면 더디 가고
화살처럼 빠른 세월도
멀리서 보면
푸른 하늘에 떠가는 구름이다

장마에 물이 불어 빨라지는 물살에
떠밀려 가지 않으려고
상류로 오르는 물고기들처럼
그대 오늘도 바쁘게 살았던가?

빨리 가는 것은
내가 그 안에 있기 때문이요
천천히 가는 것은
내가 멀리서 바라볼 수 있기 때문이다.

◦ 티끌

다투지 마라
싸우지 마라
먼 우주에서 바라보면
티끌보다 못한 존재
잘나봐야 티끌이요
많이 가져봐야 티끌이다

과욕을 부리지 마라
시기도 탐욕이요
인맥도 탐욕이요
식욕도 탐욕이다
살아보니 받는 것보다
나눌 때 더 행복하더라

수의에는 주머니가 없다
그리 길지 않은 인생
아웅다웅 살지 말고
서로 보듬어 주며
어울렁더울렁 살다가
후세에 거름이 되자.

요양 병동

젊은 그대여
그대, 다시 살고 싶다면
요양 병동에 가보라

살아있음이 버거워 안식을 꿈꾸는 곳
시든 낙엽들 떨어져
한 줌 흙 되기 위해 몸부림치는 곳
드레난 육신 밖으로 영혼이 피탈하는 곳
찰나가 영원으로 줄달음치는 곳
온전히 살아있음이 죄스러워
차마 고개를 들 수 없는 곳

젊은 그대여
삼라의 모든 십자가를 두 어깨에 진 양
허탈에 밥 말아 먹고
희망의 이면을 따라
허무의 그림자를 이끌고
절망의 골짜기로
오늘도 비적비적 걸어가는
젊은 그대여
마음껏 호흡하고 있음에
두 발로 온전히 걸을 수 있음에
그대 영혼이
저 푸른 하늘을 바라볼 수 있음에

감사하고
감사하고
감사할지어다

그대 알게 되리라
온전히 살아있음이
얼마나 큰 사치였다는 사실을

젊은 그대여
그대, 다시 살고 싶다면
요양 병동에 가보라.

觀照(관조)

떨어지는 것이
낙엽인 줄 알았더니
청춘이더라

흘러가는 것이
구름인 줄 알았더니
세월이더라

가까이 있는 것은
내가 다가감이요
멀리 있는 것은
내가 떠나옴이다

날아가는 것이
날개인 줄 알았더니
허공이더라

멈춰있는 것이
시간인 줄 알았더니
아집이더라

볼 수 없는 것은
내가 눈을 떴기 때문이요
볼 수 있는 것은
내가 눈을 감았기 때문이다.

忘憂松(망우송)

선생은 지식 앵무새
학자는 지식 장물아비
위정자는 인숭무레기
범인들은 그들이 토한
배설물 위를 헤엄치는 물고기

영혼 없는 녹음기의 소음
無覺(무각)의 경지에서 포장된 화장발

오늘도 배부른 자의 과식으로
소화제는 동나고
배고픈 자의 허기로 빵은 부푼다
여전히 약육강식의 옥타곤엔
피비린내가 진동하고
등걸 없는 휘추리들은 바람에 춤을 춘다

눈을 半開(반개)하고
反響(반향)의 소음에 닫은 귀를
무장해제 시켰다

저 푸른 하늘에 떠가는 구름처럼
방금 대숲을 흔들고 지나간 바람처럼
잠시 머물다 사라질 나는 자유롭다

학자의 방은
책들이 사위를 포위했지만
擺脫(파탈)한 시인의 빈방 안엔
인향이 가득하다.

인구절벽

사람이
사람으로 태어나
사람과 만나
사람답게 사는 건
결코 쉬운 일이 아니다

개가
개로 태어나
사람과 만나
사람답게 사는 건
결코 어려운 일이 아니다

사람은
융자를 받아 집을 사
평생 그 집의 노예로 살고
개는 그 집 안에서 주인으로 산다

할머니들이
빈 유모차를 밀고 간다
더 이상 결혼을 하지 않는 처자들은
아기인 양 개를 한 마리씩 안고 가고
신혼부부는 개를 앞세워 따라간다

공원 벤치에 앉아 있는 할아버지들의
안타까운 시선이
그 뒤를 따라가다 절규한다

미상불,
사람이 사라진 세상에서
개들은 어찌 살까?
늦가을
길가에 앉은뱅이 민들레도
성장을 멈추고 애써 꽃을 피워내
홀씨를 허공에 뿌려 소임을 다했는데….
안개비가 내린다.

동안거(冬安居)

겨우내 봉창한 창문으로
봄 햇살 기웃하고
산 넘고 강 건너온 봄바람
창문을 두드리면
살며시 눈을 뜨고
동안거 쌓인 먼지 훌훌 털어낸다

작은 움직임,
짧은 호흡에도,
번뇌는 먼지처럼 살아
텅 빈 심상을 유영하다
석탄처럼 굳을
영혼의 깊은 밑바닥에
이탄처럼 침잠되었다
단단하게 굳은 고락의 지층을 밟고
나비처럼
어둡고 긴 낭하를 걸어 나왔다

삶은 흘러가는 물,
흘러가는 물은
수평을 이루려는 노력
그 흐름이 멈출 때
새로운 시작이 시작된다

다 모두 다 사랑하리

살아있음에 감사하고

살아감을 축복하고

사랑할 수 있음에 기뻐하리

언제나 닫혀있는 것은 내 마음

언제나 돌아앉아 있는 건 나

마음의 창을 활짝 열고 마주 앉아

살아가는 모든 것을 경애하며

침묵의 소리

어둠의 이면까지

다 모두 다 사랑하리….

가을비 내리는 아침의 단상

가을비 내리는 새벽
창가에 앉아 밖을 내다본다

밤과 낮이 임무 교대를 하고 있다
밤은 늘 검정색 망토
낮은 오늘 회색 트렌치코트를 입고 나왔다
"밤새 수고했어."
낮이 밤의 귀에 대고 속삭인다
축 처진 어깨,
등을 보이며 천천히 걸어가는
밤의 뒷모습이 안쓰럽다

키 재기 하는 아파트 숲 좁은 미로에
우산을 쓴 사람들이 비껴간다
넓은 자리를 차지하고
우뚝 서 있는 아파트들이
애처롭게 그들을 내려본다

비가 잠시 그쳤다
목줄을 한 개가
주인보다 두 발치 앞서 걸어간다
개의 적응력은 참 대단하다
그 옛날 야생에서 힘들게 먹이를 구하던 개들이
어느 순간,

'순종'이란 강력한 무기로 무장하고
꼬리를 흔들며 인간의 세계로 들어왔다
야전에서 마당으로
마당에서 집안으로
집안에서 마침내 인간의 품속으로….

바람이 나뭇가지를 흔들며 지나간다
오늘은 바람의 체온이 낮다
나무들이 몸서리친다
내 가슴이 우수수 떨어진다

저어 멀리 겨울이 걸어오는 소리가 들린다
사각
사각

도시의 가로수

흰 눈이 시처럼 내리면
도시의 선비들을 만나러
길을 나서고 싶었습니다
흰 외투를 곱게 차려입은
고고한 선비의 자태를 우러러보며
명예를 존중하고 덕행이 일상인 그들의
행보를 따라가고 싶었습니다
회색 도시를 가로질러 걸으며
그들의 의연함에 경의를 표하고 싶었습니다

코트 깃을 세우고
체크무늬 머플러를 목에 두르고
두 손을 주머니에 깊게 지른 채
천천히 걸으며
차도와 인도의 경계에 서서
마치 다른 세계에서 온 이방인처럼
묵묵히 걸어가는
그들의 행렬에 동참하고 싶었습니다
낯선 시선으로
익숙한 도시에서의 낯설음을
탐닉하고 싶었습니다

팔이 잘리고 모가지가 없는 가로수들은
나병 환자처럼 줄지어 서 있지만

그들은 도시인들에게 숨 쉴 수 있는
산소를 제공하고
더운 여름날에는 시원한 그늘을,
삶에 지친 누군가에게는 기댈 수 있게
흔쾌히 등을 내주었습니다
살 수 없어 죽어가는
죽지 못해 살고 있는
상처투성이인 몸으로

겨울비가 내립니다
몸통만 남은
그들의 작은 졸가지 끝에 맺힌 눈물이
소리 없이 떨어집니다
유구한 세월
이 땅에 살다 자신의 모든 것을 내어주고
소리 없이 사라진 영혼들의 눈물이
땅속에 스며듭니다
봄이 오면
땅속의 그 물을 빨아 꽃이 피고
곡식이 자라고
나무는 푸르겠지요
그 속에서
또 한바탕 난리법석의 탐욕전이 벌어지겠지요.

산벚나무 아래서

낯선 이천 땅 원적산,
물병 하나 달랑 들고
홀로 산을 오른다
인적 없는 산속에
적막은 고요로 분칠을 했는데
외로운 나그네 마음 달래주듯
이름 모를 산새들 노래 부른다

햇살은 울 엄니 품처럼 따듯하다
체온 같은 봄바람
내 마음 어루만지고
꽃눈이 내리는 사월의 어느 날
비록 땅바닥에 가부좌를 틀었지만
어느새 이곳이 고향 같다

지나간 것들의 잔영이 벚꽃잎처럼
허공 속을 유영했다
살아온 날들이 그 나름대로의
인과관계로 얽혀 발목을 감고 있다
갑자기 바람이 불었다
함박눈이 소리 없이 내려와
외로운 나그네 가슴에 소복이 쌓였다.

겨울 점퍼

어둠이 채 내리기 전에
도시의 네온 불빛들 불을 밝혔다
나 여기 있어요
나 여기 있어요
후미진 골목에서 뛰쳐나온 불빛들이
큰길을 점령하더니
높은 빌딩의 수직 벽 꼭대기까지
삽시간에 기어올랐다
그리고 어둠의 베일에 싸여
존재를 증폭시켰다

비좁은 골목 식당에서
홀로 민생고를 해결하고
낯선 이방인처럼
화려한 불빛을 소 닭 보듯 지나쳐
숙소로 향했다
소소리바람에 옷깃 여미며
겨울 점퍼를 외면한 스스로를 질타했다
겨우내 내 몸을 감싸주던 두터운 점퍼는
지금쯤 허름한 여관 옷걸이에 목이 걸린 채
나를 조롱하며 냉소 짓고 있겠지

점퍼를 처음 만나던 날,
낙엽을 즈려밟고 걸어가는데

내리던 진눈깨비가 찬비로 바뀌더니
천둥 번개가 쳤다
급한 마음에 걸음을 재촉했지만
센치의 등급을 올려주었던 코트는
이내 물먹은 하마가 되었다

추위에 떨며 잰걸음으로 걷던 나를
마네킹의 몸에 걸쳐
온화한 조명을 받고 있던 점퍼는
내가 가게 문을 여는 순간
언 나의 몸을 와락 안아주었지

아, 그 포근했던 기억은
마치 그 옛날 어린 시절
학교를 파하고 눈보라 치는
서울 변두리 십 리 길을 걸어
사립문을 열고 마당에 들어섰을 때
부엌 아궁이에서 군불을 때다 뛰어나와
꽁꽁 언 나의 작은 몸을 꼬옥 안아주시던
어머니의 품속 같았다
그 기억이 사무쳐
오래돼 남루하여도
겨울이면 네 품에 안겨 살았는데
아, 어머니 어머니
달려간다.

일엽편주

가고 싶은 그곳에 가기 위해

낯선 곳을 배회하고

원하는 그것을 하기 위해

엉뚱한 짓을 하고 있다

가야 할 길은 먼데

하고 싶은 일은 많은데

바라만 보고 일만 해야 하는 현실이

안타깝고 참혹하다

시간이 많지 않은데

언제쯤 이 질긴 소명의 끈은

나를 놓아줄까

지금 내게는

열심히 일하고 있는 현실 자체가 낭비다

서산에 지는 해를 바라보며

곱게 물든 노을빛에 물들어 울컥하는 범인들처럼

그렇게 살지 않겠노라고

다짐하고 다짐하고 다짐했거늘

지금 나는

정수리 위를 비껴간 태양 빛이 만든

내 그림자를 밟고 서서 동녘 하늘을 바라본다

꿈 많던 소년은 어느새 반백의 중년이 되어

돌아갈 수 없는 강을 지나 바다에 이르렀다

일엽편주처럼 작은 목선을 타고

거친 바다 높은 파도를 헤치며
끝을 향해 나아가고 있다

이미 경계는 모호하다
시작이 끝일 수도
끝이 시작일 수도
과정이 시작일 수도
과정이 끝일 수도
지금이 시작일 수도
지금이 끝일 수도….
확실한 사실은
아직 살아있고
꿈을 꾸고 있고
계획하고 실천하고
흔들리지만
조금씩 나아가고 있다는 사실이다

오늘도 나는
좁은 포클레인 조종석에 앉아
꿈꾸는 이상의 언덕을 바라본다.

◦ 밤안개

또다시
스쳐 지나가는 순간의 시간 속에서
가리어진 어둠 속의 주검을 본다
언제나 낯선 타인처럼

밤의 포로처럼 숨을 죽이고
어둠의 이끼처럼
낮은 포복하던 안개는
밤이 물러나자
여명의 전사처럼 세상을 잠식했다

에움길 돌아 안개 속을 걸어 나왔다
산자락 끝에 서서 돌아보니
안개는 산허리를 감싸고 기어올라
어느새 산의 목을 조르고 있었다

그리고 잠시 후
안개가 거대한 산을 삼켜버리자
나는 산의 주검을 볼 수 없었고
산은 나의 주검을 볼 수 없었다
하지만 산이 나의 존재를 믿듯
나 또한 산의 존재를 굳게 믿었다

안개는 오늘도 산을 가렸다
안개만을 바라보는 사람들
그들의 눈 속에서
죽어가는 실체의 유언을 들으며
낯선 타인이 되어
오늘도 나는 산이 되었다.

◦ 말하세요

이제, 좋아한다면 좋아한다고 말하세요
이제, 사랑한다면 사랑한다고 말하세요
말하지 않으면 모릅니다
말하지 않고 알아주기를 바라는 것은
훗날에 가슴 칠 회한의 눈물
설령 상대가 알고 있다고 해도
좋아한다고 사랑한다고 말하세요

말하지 않아도 사랑은 습관처럼 확인을 요구합니다
더 이상 먼 길을 돌아
사랑하는 이에게 다가가려 하지 마세요
떠나간 후에 흘리는 눈물은
불어난 강에 떨어지는 빗물
사랑하는 사람은
언제까지 기다려주지 않습니다

그랬습니다
나 어릴 적 먼 길 가신 아버지가
내게 그랬듯
젊은 날 애틋했던 첫사랑 그녀에게도
얼마 전 암 투병 끝에
차마 눈을 감은 친구에게도
눈에 넣어도 아프지 않을 자식들에게도
지금 곁에 있는 그 누군가에게도

나는 그 말을 하지 못했습니다

이제 말해야 합니다
좋아하면 좋아한다고
사랑하면 사랑한다고
좋아하는 사람에게 좋아한다는 말을 듣는 것처럼
행복한 말은 없습니다
사랑하는 사람에게 사랑한다는 말을 듣는 것처럼
행복한 말은 없습니다
좋아하는 사람은
사랑하는 사람은
내 곁에 영원하지 않습니다
이제 말하세요
좋아한다고 사랑한다고….

봄바람

오늘도 개미는
베짱이의 평생보다 긴
하루를 일했다
소쩍새도 그걸 아는지
밤새 울었다

젊은 날 꿈처럼
밤하늘에 별들이 박혔다
술잔 속에 빠진 별들을
차마 마실 수가 없어
손등을 덮어 마셨다

어둠보다 짙은 꿈들이
열병식을 하듯 바라봤다
'나 아직 괜찮아!'
봄바람이 사랑니 빠지듯
스쳐 지나갔다.

臥松(와송)

남은 가을 흔적 바스락거렸다
천형처럼 바위에 박힌 나무
단단한 바위틈에 뿌리 내려
올해도 잘 살아냈다

뒤틀린 가지
여기저기 굳게 박힌 옹이
비록 낙락장송은 못 되었지만
당찬 절개를 품었다

찬바람이 불었다
나무의 뿌리를 덮은
나뭇잎조차 쓸어갔다
그래도 臥松(와송)은 초연했다

나무는 죄가 없었다
그저 바람이 데려간 씨앗
어느 봄비 내리는 날
싹을 틔워 굳건하게 살아왔을 뿐,

태어나 보니
찢어지게 가난한 집안
그저, 아들로서 아버지로서
최선을 다해 내가 살아온 것처럼….

∘ 길을 묻는 젊은이에게

어두운 밤길이면 좋다
별도 달도 없는 칠흑 같은 밤이면
더더욱 좋다
앞이 보이지 않아
돌부리에 걸려 넘어지고
장애물에 부딪혀 다치면 좀 어떤가
지금, 이 순간
대부분 사람들은 편안한 안주의
늪에서 단꿈을 꾸고 있다
비록 외롭고 힘들고 괴로워도
남들이 멈춰있을 때 나는 조금씩 꿈을 향해
앞으로 나아가고 있는 것이다

잘 닦여진 신작로
걷기는 편해도 인산인해다
달리기는커녕 걷기조차 버겁다
앞으로 나아가려면 경쟁이 심하고
그저 앞사람 등만 보고 따라갈 뿐
새로운 것이 전혀 없다
그 복잡한 행렬 앞에 무엇이 있는지
볼 수라도 있으면 좋으련만
넘어지면 밟혀 압사당하기에
그저 쓰러지지 않으려 발버둥 치며
등 떠밀려 걸어갈 뿐이다

울퉁불퉁한 자갈길이,
가시덤불 우거진 숲길이 힘들긴 해도
그 길에는 아무도 모르는 새로운 기회가 기다리고 있다
아무도 가지 않는 길,
아무도 가려 하지 않는 길을 가라
만약에 그대가 젊다면
그대가 하고 싶은 일에 청춘을 불태워라
언제까지 청춘일 수는 없다
청춘은 한순간에 지나간다
다음에 다음에 하며 미루다가
관 속에 눕기 전에 후회한다
청춘은 잘 유지 보존하라고 있는 것이 아니다
청춘을 불태우지 않은 인생은 이미 실패한 인생이다

임종을 목전에 둔 사람들의
가장 큰 후회는 죽음 자체의 두려움보다
하고 싶은 것을 하지 못한 것에 대한 회한이다
만족한 삶은 얼마나 가늘고
길게 사느냐가 아닌 굵고 짧게 살더라도
하고 싶은 일을 하며 살았는가이다
꿈을 이루었는가 이루지 못했는가는
그리 중요하지 않다
이 세상에 꿈을 꾸며 꿈길을 걸어가는 사람처럼

행복한 사람은 없다
젊은 그대여
살기 위해 사는 삶은 죽은 삶이요
꿈을 향해 나아가는 삶은
오늘 죽는다 해도 행복한 삶이다.

기다림의 미학

천국에도 완벽한 상황은 없다
상황은 스스로 만들어 가는 것

땅바닥에 뒹구는 낙엽을 쓸며
새봄을 기다리듯
나목이 겨울눈을 만들고
겨울잠에 들어가듯
준비하고 때를 기다려라

인위적 메스를 가하면
출혈이 심하다
절대 서두르지 말지니

쉽게 끓는 냄비는 빨리 식고
빨리 만드는 음식은 몸에 해롭다
모죽과 매미 같은
긴 기다림의 인내와
섭씨 100도가 돼야 끓는
물의 임계점을
우리는 기억해야 한다

가을걷이가 끝난 들판에서
봄을 준비하는 농부의 마음을
우리는 알아야 한다.

2부

살아온 세월

° 낙엽

봄날의 꿈이었다
낙엽은 봄날의 부푼 꿈이었다
긴 겨울 동안 참았던 울분을 토하듯
나뭇가지마다
연초록의 꿈 망울을 터트렸다
아지랑이 허공 속에 가물거려도
우리가 어두운 어머니 자궁을 가르고
힘차게 용트림했듯
그 틈을 가르고 힘차게 연초록 날개를 펼쳤다

여름은 사나웠지만 아름다웠다
긴 가뭄에 목이 타고
폭풍우에 치를 떨었지만
온갖 새들과 곤충들이 곁에서 노래해 주고
밝은 햇살 받으며 푸른 하늘에서
바람과 함께 춤도 추었다
우리가 사회의 구성원으로 살아가는 것처럼
푸른 잎도 나무에 매달려
희로애락을 경험하며 소임을 다했다

그러던 어느 날
바람이 동장군의 소식을 전했다
나뭇잎은 바람의 말을 이해하지 못했다
태어날 때처럼 따뜻하고

무더운 날만 알았던 나뭇잎은 경험하지 못한
겨울의 의미를 알 수 없었다
나무도 그 사실을 말해주지 않았다
갑자기 추워져 나뭇잎이 몸을 움츠렸다
영원히 한 몸일 줄 알았던 나무가 수맥을 차단했다
그때야 나뭇잎은 깨달았다
자신이 영원히 살 수 없다는 것을….

나뭇잎은 아름다운 죽음을 선택했다
비굴하게 죽고 싶지 않았다
흙으로 돌아가기 전
몸에 지닌 가장 화려한 색으로
곱게 화장을 했다
그리고 허공을 가르며 낙하했다
낙엽은 나무가 아니었다
봄부터 가을까지 나뭇가지에 붙어
빈 허공 속을 팔랑거리는 잎이었다
그래 우리 또한 잎이었다
겨울에 죽었다가
봄에 살아나는 나무가 아니라
떨어져 땅 위를 뒹구는 낙엽처럼
세상이라는 나뭇가지에 붙어살다가
언젠가 흙으로 돌아갈
우리는 잎이었다.

가을 잠자리

파아란 가을하늘이 공허한 까닭은
잠자리들이 날아다니지 않기 때문입니다
파아란 가을하늘이
더욱더 짙고 푸른 까닭은
잠자리들이 더 이상 헤엄치지 않기 때문입니다

늦가을 볕 드는 양짓녘에
잠자리들이 모여 앉아있습니다
무슨 생각이 저리 깊은지
납작 엎드려
정물처럼 미동조차 하지 않습니다
투명했던 은빛 날개는
군데군데 이가 빠지고 색이 바래
더 이상 파아란 하늘을 날지 못합니다

어디서 날아왔는지 작은 흰나비
한 쌍이 머리 위를 맴돌지만
오늘은 왠지 소 닭 보듯 합니다
가끔 가을하늘을 바라보며
찬란했던 여름날의 삶을 복기하듯
고개를 갸우뚱하지만
그마저 힘에 겨운 듯
이내 체념해버립니다

해가 서산을 넘어가자
공원 벤치 등받이 위에 앉아있던
잠자리들은 어디론가 사라지고
그 벤치 옆에 앉아 있던 노인도
정물이 아니었음을 증명하듯
지팡이를 지겟다리인 양
굽은 등을 받치고 일어나
길게 늘어진 그림자를 끌며
위태롭게 어둠 속으로 사라집니다.

무채색 굴렁배

회색 도시에 검은 강물이 흐른다
강물은 실핏줄처럼
칙칙한 도시의 좁은 미로에서부터
끊임없이 흘러나와 큰 강으로 이어졌다
하지만 강물은 절대로 바다로 흘러가지 않고
그 강물 위에 떠다니는 배들은
강물의 흐름에 전혀 개의치 않았다
강물이 죽어서 돌처럼 굳었기 때문이다
그래서 배들은 밑바닥에 바퀴를 달았다

굴렁배들은 네물머리에서 일제히 구름을 멈추었다
그들이 기다리는 건
오직 파란 신호등,
허공에 떠 있는 등불의 지시가 떨어질 때까지
일렬종대로 서 있어야 한다
한 척이라도 지시를 위반하면
비싼 과태료를 내야 하기 때문이다
그 금액이 너무 커 생계에 지장을 주기에
선장들은 등불의 준엄한 무언의
명령에 절대 순종하였다

잿빛 하늘, 회색 콘크리트 숲 사이
죽은 강물 위에 무채색의 배들이
흐르다 멈춤을 계속했다

길게 누운 검은 주검 위에 떠 있는
선장들의 표정 또한 무표정하다
이 도시에서 무채색의 범주를 벗어나면
총이라도 맞는 걸까?
하지만 주검 위에도 꽃은 피었다
가끔, 아주 가끔 화려한 원색의 배가
죽은 강물 위를 꽃잎처럼 떠갔다
그러면 죽은 강물도 일어나 춤을 추고 사람들의
무표정한 얼굴에도 꽃이 피었다
최대한 무채색의 원칙을 준수하는
사람들의 굳은 입가에도 실금이 갔다.

◦ 로드 킬

도시가 산이 될 때
산은 섬이 되고
고립된 야생동물들
섬 속에 갇혔다

산을 절개해 길을 내고
산자락 고층 아파트들 키 재기 할 때
엄마 잃은 아기 고라니
길가를 서성이다 로드 킬 당했다

연신 밟고 지나가는 차바퀴
쥐포처럼 압착된 사체
한 무리의 까마귀 떼
막간을 틈타 아침 식사를 한다.

土沙狂亂(토사광란)

하늘이 노했는지
달포 동안 비를 뿌렸다
허리가 잘린 산이
더 이상 못 버팀을 시인하듯 무너졌다
강물이 범람하자
강둑도 인간이 내린 소명을 포기했다

토사광란을 일으킨 산이
자신의 몸을 파헤친 인간을 벌하듯
속내를 드러내 덮쳐버렸다
사람이 사는 마을에
강물은 자기의 영역을 표시했다
그렇게 하늘은
가끔씩 주권해석을 내렸다

강물의 영역에 둑을 쌓아
강물의 자유를 구속하고
갯벌의 생명들을 암매장하여
간척지를 만들고
산속에 집을 지어 산에 사는
생명들을 괴롭힌 죄를 단죄하는 날,
하지만 욕심이 하늘을 찌른 인간만이
되려 억울함을 토로했다.

지금 우리가 사는 세상

다가가
손잡아주고 싶은데
꼭 안아주고 싶은데
오늘도 나는 사람을 피한다

코로나19로 삶은 균열이 가고
이상기온으로 긴 장마는 달포나 계속되었다
어디서부터가 하늘이고
어디서부터가 허공인지
낮게 깔린 시선들
물 빠진 웅덩이의 물고기들처럼
숨을 할딱거렸다

이웃을 만나도 눈인사만 할 뿐
지인을 만나 서로 손을 잡는 것도
친구와 마주 앉아 차 한 잔 마시며
수다를 떨던 예전의 보편적 일상도
이미 사치가 되었다
민낯을 마스크로 봉하고
서로를 저어하는
날 선 경계의 시선만 허공을 갈랐다

하루아침에 세상이 바뀌었다
자연은 늘 그 자리에 있었고

제자리에서 소임을 다하며
가상한 인간들을 품어 주었을 뿐
아무런 죄가 없었다
심한 스트레스를 받은 세포가
돌연변이를 일으켜 암이 되듯
무지한 인간의 과욕에
자연은 더 이상 인간을 품을 수 없어
칼을 꺼내 들었다

손잡아주고 싶은데
꼭 안아주고 싶은데
오늘도 나는 사람을 피한다
서로를 위해서….

강물

강물은 흘러갈 뿐
속내를 말하지 않았다

강 가운데 강물은 도도히 흐르지만
강가의 강물은
흐르다
머물다
맴돌다
못내 아쉬운 듯
강둑을 쓰다듬으며
천천히 멀어져 갔다

오늘 또 6차선 큰길가에
음식점 하나가 문을 열었다
그 자리에 잠시 머물다 떠난
주꾸미집 아재는
석 달 만에 십 년은 늙어 보였다
윗집에 갈빗집 사장도
끝내 한 해를 버티지 못했다
대기업에 다니다 적성에 안 맞아
창업을 했다 했는데
그는 또다시 어디로 흘러간 걸까
그래도 아랫집 냉면집 부부는
이 년째 자리를 지키고 있으니

뿌리를 내린 걸까

큰길가에 즐비한 상점들
어디서 흘러왔는지 알 수 없지만
머물다
맴돌다
흘러감을 반복한다
강둑을 붙잡으려 몸부림치지만
강물은 손이 없었다
미끄러져 떠밀려 사라져가는
강물의 사투가 애처롭다

오늘도 강물은 소리 없이 흘러갈 뿐
속내를 말하지 않았다.

가로수

차가 지날 때마다
한 번씩 몸을 떨어야만 했습니다
하루에도 수천수만 번
길가에서 흔들렸습니다
차들이 뱉어내는 매연에
언제나 숨이 막혔습니다

처음엔
몸보다 마음이 더 흔들렸습니다
살아야 하나 말아야 하나
나는 왜 이곳에 심겨져
밤낮으로 고통을 겪어야 하나
나를 이곳에 심은
그 누군가를 매일 원망했습니다

빌딩 숲 사이로 보이는 산,
서로 어우러져 졸가지를 흔들며
정담을 나누는 그 숲에 사는
자유로운 영혼들이 부러웠습니다
존재의 이유에 대한 물음표는
절망의 나락으로 곤두박질쳤습니다

어느 겨울날
밤새 폭설이 내려 도로가 빙판이 되었습니다

연말연시라 상점마다
사람들로 가득 찼습니다
추위에 떨고 있는 내 몸을
트럭 한 대가 들이받았습니다
나는 그때야 깨달았습니다
내게 주어진 소명을,
내 존재의 이유를….

익숙함, 그 낯설음에 대하여

우리는 이미 익숙해진 것들에 익숙해져
익숙해진 것들의 소중함에 익숙하지 않고
익숙해진 것들의 감사함에 익숙하지 않고
익숙해질 것들의 익숙함에 낯설어하며
익숙해질 것들의 호기심에 익숙해져
익숙해질 익숙함을 동경한다

어머니 자궁을 빠져나오는 순간,
세상에 익숙한 것은 하나도 없었다
하나 둘 셋 넷….
나이를 먹으며
익숙해지려 노력하지 않아도
익숙함은 더해지고
이미 익숙해진 익숙함은
모진 세월에 색이 바래 무채색이 되었다
가슴 뛰던 첫 만남의 순간을 떠올려 보지만
그저 덤덤한 일상처럼 잔잔하다

지금 우리 곁에 있는 익숙한 사람도
예전엔 낯선 사람이었듯
지금 우리 곁을 스치는 낯선 사람도
미래에 익숙해질지도 모르는 사람,

낯설음에 익숙해지고
익숙함에 낯설어지고
바람 부는 광야에 피고 지는 들꽃처럼
피고 지고 지고 피고
그 위에 소낙비가 퍼붓고
밤새 된서리가 내려도
낯선 익숙함도 익숙한 낯설음도
어쩌면 어두운 밤 허공을 가르며 떨어지다
사라지는 별똥별은 아닐까?

山中獨宿(산중독숙)

갑자기 떼강도처럼 비가 쏟아졌다
나는 재빨리 한 치 두께의 나무를 잘라
가로장을 치고 투명 비닐을 걸쳤다
나도, 내가 싫을 정도로 땀 냄새가 진동했다
여덟 시간을 쉬지 않고 걸었으니
족히 팔십 리는 걸었으리
마치 지하도시의 어둡고 음침한 긴 낭하를 걸어온 듯
어둠의 긴 여정은 연신 내 발밑을
스쳐 지나갔다
거센 파도처럼 요동치는 영혼을 담은
나이 든 육신의 한계를 가늠하고 싶었지만
굶주린 영혼과 배부른 육신의 괴리를 극복하는 것은
범인의 자세가 아님을 심각(深覺)했다
사람들은 모두 산 아래 있나 보다
초저녁 산 초입 사래밭에서
하지감자를 캐던 촌로를 본 이후
사람 구경을 못 했다

굵은 빗방울이 무슨 심술인지
비닐 천막을 쉼 없이 때린다
그러다가 패배를 시인하듯
주르륵 비닐 천막을 타고 흘러내려
궤적을 그리며 꼬리를 감춘다
가만히 소리를 듣고 있자니

얻어맞는 것은 비닐 천막만이 아니다
천막 위의 떡갈나무는 더 가까이에서
연신 더 얻어맞고 있다
맞는 소리도 대상의 부피와 두께,
질감에 따라 모두 제각각이다
세상에 같음이 없음을
다름의 신음 소리로 실토한다

피로가 밀려와 몸을 누인다
몸이 桑葉(상엽)인가
山蠶(산잠)들이 그 위를 기어 다닌다
껍질을 벗고 나가 빗방울을 맞으며
그 느낌을 지운다
어둠 한가운데 맨몸으로
두 팔을 벌려 허수아비처럼 섰다
작달비가 작정이라도 한 듯
몸 구석구석을 닦아준다
자시가 넘은 첩첩산중에
산천초목이 내 나신을 쳐다본다
알 수는 없지만
저 상수리나무 꼭대기 위에서
올빼미가 내려 볼지라도
절벽 위 수풀 속에서
고라니 무리가 나를 지켜본다 할지라도

내겐 아무런 거리낌이 없다

오직 인간만이 서로에게 수치심을 느끼고,
오직 인간만이 서로에게 수치심을 주는
궤변의 경계가 무너지는 순간이다
어쨌든 시원하다
상쾌하다

나는 지금
카타르시스의 7부 능선쯤에 서 있다.

낮의 이면

먹구름 속에서
땅으로 곤두박질친다
굉음을 내며
혈관처럼 뿌리를 내린다
순간,
놀란 어둠이 뒷걸음친다
그 찰나,
만상이 존재를 알린다
나 여기 있소
나 여기 있소
하지만,
또다시 어둠이 장막을 친다
삼라가 가려진다
여명이 밝아온다
만상이 눈에 들어온다
어둠이
긴 치맛자락을 이끌고
빛 속으로 걸어가다
힐끗 뒤를 돌아보며 말한다
"눈에 보이는 것은 아주 작은 거야."

立天觀井(입천관정)

외딴섬 우이도
작은 마을 돈목에
바람을 피해
작은 집들이 납작 엎드려 있다
뱀처럼 기어가는
돌담길 따라가면
작은 우물 하나 덩그러니

먼 옛날 어린 시절
동네 한가운데에도
작은 우물 하나 있었지….

그 우물 속엔
작은 물고기들 헤엄치고
바닥 돌 틈 사이엔 가재들이 살았다
그들은 한정된 공간에서
늘 복닥이며 살았다
측은지심에
가끔 밥알을 몇 개 던져주면
생존을 위한
그들의 투쟁은 시작되었다
밥알이 수면에 떨어지는 순간
물고기 떼들이 몰려와
난리법석을 벌였다

그 소란에
가재들도 일제히 굴속에서 나와 밥알이 가라앉기를 기다렸다

밥알이 바닥에 떨어지면
가재들은 일제히 먹이를 향해 돌진했다
작은 가재들은 덩치 큰 가재의 집게발에 내동댕이쳐지고
허기에 지친 물고기는 가재의 입속으로 들어가는 밥알을 탐하다
가재의 집게발에 허리가 잘려 가재들의 일용할 양식이 되었다

은하계의 어느 별에 서서
지구라는 작은 행성을 내려 본다
점보다 작은 미생물들이
서로 엉키어 아귀다툼을 한다
탐욕은
배부른 자의 유희
투쟁은
배고픈 자의 결의
하지만
그들의 생명은 하루살이
결국엔
그 점조차 사라졌다

깊은 밤,
민박집 열린 창가에
별들이 쏟아지고
바람은
억새를 흔들어 존재를 알리는데
나는….

쉰에 창을 열었다

창틈 사이 들어온 햇살에
영겁의 세월 쌓인 먼지 살아 춤을 추고
그 지층은 풍화된 계곡의 골만큼이나 깊었다

역류성 식도염처럼 싸한 가슴
눈물에 개어 창밖에 뿌렸다

쉰에 창을 열었다
짙게 드리워진 장막 거둬내고
그 오랜 면벽의 세월
오도송을 토해내었다

무겁고 칙칙한 카오스의 옷을 벗고
따듯한 세속의 옷으로 갈아입었다

문을 열고
발을 성큼 내밀었다
순간, 강렬한 햇빛에 눈을 감았다

하지만 그것도 잠시
찬란한 내 동공은
그 옛날처럼 또다시
어두운 사물의 윤곽에
메스를 대기 시작했다.

돈

하수는 스스로 돈을 벌고
중수는 남이 돈을 벌어주고
고수는 세월이 돈을 벌어준다.

。 사다리

새는
기류를 타고

물고기는
조류를 타고

사람은
시류를 탄다.

사라진 자아

그릇을 수도꼭지 아래 놓았다

한 방울, 한 방울
물이 떨어진다

그릇은 몸이고
그릇 속의 공기는 자아다

물은 신성하다
신성한 물은 신의 음성이다

마침내,
물은 그릇을 가득 채우고
공기는 허공 속에 흩어졌다.

데칼코마니(강 건너 마을)

강 건너 마을은
고즈넉하고 참 아름답다
새벽안개 피어올라
산허리를 감싸 안고
모락모락 밥 짓는 연기
뭉게구름 다정하다
신선들이 사는 마을
이슬 먹고 사는 게지
구름옷 입고 사는 게지….

하지만 동시에,
강 건너 사는 모 아무개도
내가 사는 이곳을 보고
이렇게 생각한다

강 건너 마을은
고즈넉하고 참 아름답다
새벽안개 피어올라
산허리를 감싸 안고
모락모락 밥 짓는 연기
뭉게구름 다정하다
신선들이 사는 마을
이슬 먹고 사는 게지
구름옷 입고 사는 게지….

물처럼 살아야지

어떤 그릇에 담겨도
그 형태에 맞추어 주는
물처럼 살아야지

가장 소중하지만
소중한 티를 드러내지 않는
물처럼 살아야지

메마른 대지에 소리 없이 스며
죽어가는 생명에
꽃과 열매를 맺게 하는
물처럼 살아야지

흐르다 부딪치면
돌아가리
흐르다 지치면
쉬어 가리
가던 길 막히면
잠시 머물다
증기 되어 하늘에 올라
구름 되어 떠돌다
비가 되어 떨어져
또다시
순환의 이니셜을 반복하리.

새벽

썰물처럼
어둠이 밀려간다

여명은
수줍은 새댁의 치맛단

상기된 얼굴로
속살을 내민다.

立天觀井

청각 장애자

귀를 막고 있다
모두들 자기 내부에
공허의 성을 쌓기 위해
세 치의 혀로
두 개의 작은 천 조각을
나풀거리고 있다
영혼의 깊은 골에서
뜨겁게 끓고 있는 삶의 물음표에
자물쇠를 걸고
모두들
가상한 타인의 동정만을
갈구하고 있다.

자귀나무

자귀나무꽃은
수컷 봉황의 눈썹이다

수컷 봉황이 사랑의 징표로
자신의 눈썹을 모두 뽑아
암컷 봉황에게 바쳤다
암컷 봉황은 기뻐서 그 눈썹으로
온몸을 치장하고
둘은 나무 위를 뛰놀며 사랑을 했다

어느 날,
다른 수컷 봉황 한 마리 날아와
암컷을 유혹했다
암컷이 자기 애인 얼굴을 가만히 보니
눈썹이 없어 볼품이 없었다
반면에 화려한 눈썹으로 윙크하는
다른 수컷은 너무나 멋있었다
암컷은 다른 수컷과 함께 멀리 날아갔다
홀로 남겨진 수컷 봉황은 한없이 울었다

세월이 흘러 수컷 봉황의 눈에는
예전보다 더 짙고 화려한 눈썹이 자랐다
다른 암컷 봉황들이 날아와 수컷 봉황을 유혹했다

하지만 수컷 봉황은 눈길 한 번 주지 않고
떠나간 암컷 봉황만을 기다렸다
다시 자란 자신의 눈썹을 모두 뽑아
나무를 화려하게 장식한 채….

골다공증

그랬나 보다

엄니는

더 이상 줄 게 없어

뼛속까지 비워 주고

저승길

가시려 했나 보다.

3부

삶의 무게

∘ 그냥

길을 나서기 전, 집 앞 대추나무 아래
의미를 찾으려 하는 날 선 영혼을 묻었다

그냥 걸었다
영혼 속에 침잠된 모든 걸 게워내고
그냥 더벅더벅 걸었다

꽃가람 늘솔길 따라 꽃향기가 코끝을 스쳐도
치맛자락을 펄럭이며 단미가 스쳐 지나가도
물안개 피어올라 허공에 수묵화를 그려도
풀섶에 가녀린 들꽃이 애섧게 나를 바라봐도
소 닭 보듯이 그냥 바람 따라 걸었다

고개를 쳐들면 언제나처럼 늘 하늘이 있고
두 발은 늘 땅 위를 걷는다
의미가 무의미의 발아래 짓밟혀도
드레난 노인의 육신이 땅 위를 네발로 기어도
산 자의 고뇌가 삼라의 고통을 어루만져도
죽은 자의 한 맺힌 영혼이 구천을 맴돌아도
그 모든 게
하늘 아래 티끌보다 못할지니

그냥 걸었다
이렇듯 가벼운 것을

이렇듯 홀가분한 것을
길을 나서기 전,
집 앞 대추나무 아래
의미를 찾으려 하는
날 선 영혼을 묻었다.

恨(한)

사람은 누구나
한 보따리의 한을 품고 산다
深海의 계곡 골만큼이나
깊은 한을 품고 산다

무릇
온전히 영근 곡식이 어디 있으며
온전히 익은 과실이 어디 있으랴
높은 산 낙락장송은
한세월 모진 바람과 추위를 이기고
우뚝 섰으며
정갈한 푸른 잔디도 끝없는
깎임을 통한 고통의 소산이다
하물며 인간이야

시대를 탓하지 마라
환경을 탓하지 마라
높은 산 바위틈에서도
소나무는 자라고
사막의 모래바람 속에서도
천년초는 대를 잇나니
내 조상이 물려준 터전에서
뿌리 내리고 설 수 있으매
그저 감사하고 살지니라

하늘이 높음은
내가 그 아래 살게 함이오
땅이 발밑에 있음은
내가 그 땅을 밟고 살게 함이니
그 안에 사는 사람이
높고 낮음이 어디 있으랴

청청함을 자랑하던
나뭇잎이 떨어져
잠이 든 대지의 이불이 되었나니
켜켜이 쌓인 지층마다
고통과 분노와 좌절이
눈물에 범벅이 되어 굳어졌나니….

◦ 따리

위정자들이 호통을 치고
졸부들이 칼질을 한다
사생아들이 거리를 메우고
도덕적 해이가 판을 친다

살기도 힘든 세상
살아가기란
거미줄에 걸린 잠자리다
발에 밟힌 지렁이가 압사한다

이상은 처마 밑 새끼줄에 걸린 굴비
찬물에 밥 말아
한 숟가락 입에 물고
굴비 한 번 쳐다보고
또 한 수저 입에 물고
다시 한번 쳐다본다

의인이 하직한 세상에
허수아비들이 보초를 선다
속 빈 강정들이 키를 잡았다
배가 산 위로 간다

잉여 인간으로 살기 싫어
유서를 쓰고 떠난 이의 눈물이

가로등 불빛 아래
하염없이 흘러내린다

오늘도 나는
현실과 이상의 괴리 속에서
똬리를 튼다.

민들레 홀씨

불시착인가
안착인가

나는 홀씨다
하얀 솜털 머리에 이고
바람 타고 둥둥 떠다니는
나는 민들레 홀씨다

어디로 가는지
어디서 멈출지 나는 모른다
그저 바람만이 사공이고
그저 바람만이 알 수 있다

원망해도 소용없고
한탄해도 소용없다
분명한 사실은
바람이 데려다준
자리에서 살아야 하고
어디로도 갈 수 없음이다

하지만 나는 우주의 중심이다
내가 있어 세상이 존재하고
나의 부재는 세상의 종말이다

봄이 오면
싹을 틔우고
꽃을 피우고
홀씨를 맺어

어느 바람 부는 날
내 분신들을
머얼리 머얼리
날려 보내리라

그것이 나에게 주어진 소명이고
그것이 내 존재의 이유이다.

비단 풀

보도블록 좁은 틈에서
낮은 포복을 한다
키도 키우지 않고
몸집도 불리지 않은 채
퍼즐 조각처럼 들어앉아
제집인 양 앙증맞게 산다

웃자란 나뭇가지는
정원사의 가위질에 잘리고
모난 돌이 석공의 야를 맞음을
진작에 깨달은 듯
일어서면 구둣발에 짓밟히는
그 고통을 이미 아는 듯
엎드려 골을 따라 기어 다닌다

나는 지천명에 이르러
중용의 도를 깨우쳤건만
너를 보니
나 자신이 가여워진다
어찌 너를 미물이라 말하고
어찌 인간만이
삼라의 으뜸이라 칭하리!

눈이 있어도
보지 못하는 것이 인간이요
귀가 있어도
듣지 못하는 것이 인간이로세!

지금, 이 순간
나의 경계 안에도
보지 못하는 것들과
듣지 못하는 것들로 가득하다.

◦ 아프니까 좋다

한참 동안 서 있으니
다리가 아프다
온종일 누워 있으니
허리가 아프다

야근을 했더니
몸살이 났다
나이를 먹으니
온몸이 아프다

아!
이래도 아프고
저래도 아프다
살아있으니 아프고
아프니까 살아있다

좋다
아프니까
살아있으니까….

○ 바닥

어디
바닥을 딛지 않고
일어서지 않은 자 있으면
나와 봐라!

어디
바닥을 딛지 않고
뛸 수 있는 자 있으면
나와 봐라!

오늘도
아이들은 바닥에서 뛰놀고
사람들은 바닥 위를 뒹군다

바닥!
우리는
그곳에서 시작하고
그곳에서 살다가
결국엔
그 아래 눕는다.

존재의 증명

바람은 볼 수 없어도
흔들리는 나뭇잎이 말해주고

까마득히 떠가는 비행기는
하늘의 높음을 말해준다

말 못 하는 어린 아기는
울음의 빛깔로 의사를 표현하고

어머니는 손끝으로
아버지는 그윽한 눈길로
사랑을 말한다

너른 들판에 알알이 맺힌 나락 속엔
한여름 분주했던 농부의 땀방울이 맺혀있고

장성한 아들의 굳건한 어깨 위엔
절절한 아버지의 서러움이 녹아있다

그 사람 말이 없어도
풍기는 인상이 됨됨이를 말해주고

그 사람 떠나가는 먼 길엔
애틋한 **輓章**(만장)들이
하늘 높이 펄럭이고 있다.

가난한 시인

돈을 벌려면
뻐꾸기 새끼처럼
입안에 모이를 가득 물고도
밥 달라고 졸라야 하는데

돈을 벌려면
일주일 내내 사기를 치고
주일에 교회에 가서
두 손 모아
하나님 앞에 회개하면 되는데

돈을 벌려면
가진 자에게 고개를 숙이고
손바닥에 지문이 없어지도록
비비고 또 비벼야 하는데

돈을 벌려면
약자들을 이용하고
처참히 짓밟고
받을 돈은 악착같이 받고
줄 돈은 악착같이 주지 말아야 하는데

이렇게만 하면 되는데
이렇게만 살면 되는데

그게 안 되니

쩝~

난 그저 가난한 시인으로 살 팔자다.

개야리 강변

밤새
혼자 마신 술의 여독이
흐린 가을 하늘이다

내가 술을 마셨는지
술이 나를 마셨는지
도시 알 수 없다
분명한 사실은
어둠이
밤새 오랜 친구처럼
내 옆에 앉아 있었다

눈을 떠 보니
밤새 나의 주정에
넌덜머리가 났는지
어둠은 정적만 남기고
어디론가 사라지고 없었다

수면에 피어오른 물안개가
유체 이탈을 한다
잡을 수 없는 허공을 기어올라
구름이 되어
또다시 기인 순환의 장정을
시작하려 한다

강변에 홀로 서서
흐린 가을 하늘에 편지를 쓴다

구름처럼 머물게 하소서!
바람처럼 스치게 하소서!
강물처럼 흐르게 하소서!
먼 산 단풍처럼 물들게 하소서!

그리하여
나를 장엄한 시작의
거름이 되게 하소서!

비금도 시금치

황량한 겨울 벌판에
매서운 찬바람이 휘몰아친다
인적 없는 섬에
서 있는 것은 모두 가로 누웠다
갈매기들도 바람을 피해
절벽 밑 양짓녘에 옹기종기 앉아
좌초된 어선의 나부끼는 깃발만 바라본다

남해의 외딴섬 비금도는
앙칼진 바람의 그물에
미동도 하지 못한 채 완전히 포위됐다
바다는 바람과 동맹을 맺은 듯
성난 파도 큰 입으로
허공에 하얀 포말을 내뿜는다
그 기세에 붉은 태양도 놀라
구름 속에 몸을 숨겼다

아뿔싸!
그런데 이 와중에
난들에 낮게 엎드린 저것이 무엇이냐!
폭거에 항거하는 투사처럼 푸른 갑옷을 입고
이곳은 벌판이 아니라 들판임을 증명이라도 하듯
섬초는 언 땅을 박차고 푸른 기상을 자랑하고 있다
이 땅의 민초들처럼….

추락하는 것은 허공에 있다

이 땅에 태어난 어느 누구도
온전하게 산 이가 몇이나 되나
길가에 피어난 저 들꽃도
수천 번 짓밟히며 꽃을 피웠다

혹독한 시련은
깊은 상처로 남아
가슴속에 굳은 옹이를 남기고
주체할 수 없는 슬픔은
강물처럼 흘러
가슴속에 깊은 골을 내어도
내가 설 수 있는 곳은
넘어진 자리
내가 서 있는 곳은
숭고한 내 삶의 변환점

일어나라 사람아
그대는 위대한 우주의 중심
고귀한 그대의 존재를
만방에 고하고
장엄한 그대의 서사를
새롭게 써라.

원점회귀

밤새 내린 눈밭을
어린아이처럼 뛰어다녔다
미친놈 소리 듣기 싫어
강아지를 앞세워
고삐 풀린 망아지처럼 뛰어다녔다

강아지는 눈이 좋아
눈밭을 천방지축 뛰놀지만
지금 이 순간,
나의 대변자요
나의 변론자다

한참을 뛰고 구르니
신발에 들어간 눈이 녹아
발이 시리다

털퍼덕 주저앉아
햇살 머금은 눈을 보니
눈이 시리다

대 자로 누워
푸른 하늘에 흘러가는
구름을 보니 가슴이 시리다

훌훌 털고
강아지 앞세워 돌아오는 길

개울가에 핀 버들강아지에게
내 속내를 들켰다.
덜커덕!!!

화수분

꼬부랑 할머니가
기역 자 낫 지팡이 삼아
삭정이 한 짐 등에 지고
꼬부랑 산길 걸어간다

할머니 집은
에움길 돌아 저어기 해가 걸린
미루나무 아래 작은 너와집
첩첩산중 산이 높아
흘러가는 모든 것이
잠시 머물다 쉬어간다

그 옛날
십팔 세 꽃다운 나이에
신랑 얼굴도 못 본 채
중신아비 말만 듣고 산 넘고 물 건너
화전민 배씨 집안에 시집와서
팔 남매를 낳아 그 모진 세월
정신없이 정성으로 키워 출가시키고
돌아보니 신랑도 삼도내를 건너갔다

내일모레면 설 명절
처마 밑 곶감엔 백화가 피고
양짓녘 멍석 위 대추는 주름이 깊어도

할머니 얼굴엔 환한 달이 떴다

헛간에는
자식, 손자들 주려고 준비한
가을에 수확한 각종 농산물과
약재들이 가득하다
마늘, 고추, 감자, 양파, 서숙, 콩, 참깨, 들깨,
며칠 전 장날에 짜 놓은
참기름, 들기름에서부터
영지, 말굽, 덕다리버섯,
간이 안 좋은 큰아들을 위한 헛개나무,
얼마 전 무릎 관절 수술한
셋째 며느리에게 줄 우슬까지
깨끗이 씻어 잘 말려놓았다
그야말로 할머니의 보물창고다

산골짜기 할매는
평생을 퍼주었어도
툇마루에 앉아 사립문을 바라보는
할머니의 얼굴 주름이
풍화된 계곡의 골만큼이나 깊어도
오늘 밤 할머니의 얼굴엔
환한 보름달이 떴다.

◦ 아파트

너무 지쳐서 입을 닫았다
너무 힘들어서 말을 잃었다

비엔나의 숲속엔 무엇이 사는지
인적 없는 폐가 마루 밑의
바퀴벌레는 어디서 왔는지
먼 옛날 신문 다발 옆구리에 끼고
신문 배달을 하던 검정 고무신을 신은
그 까까머리 소년은 어떻게 사는지
백 살까지 일하고
나머지는 인생을 즐기겠다던 그룹 총수는
저세상에서 행복한 건지
무의미한 의미조차 무의미하다

날이 밝으면 빛을 거두고
밤이 짙으면 빛을 찾는다

오늘도
침묵의 방엔 먼지가 쌓이고
그 지층에 켜켜이 박힌 화석 속엔
아린 영혼들이 누워있다.

진달래 사랑

쿼터 데니아의 가는 실로
옷을 지어 입고
구름처럼 흘러갈 수 있다면

군함새의 깃털을 빌어
저 푸른 창공을 훨훨 날 수 있다면

나 흘러가리다
나 날아가리다

솜 같은 그대 품에
뫼비우스 띠 같은
그대 영혼 속에….

그 옛날 그 시간 속엔 늘 훈풍이 불고
늘 따사로운 햇살 비치고 졸졸졸 시냇물 흐르고
종달이 노래하고 버들가지 활짝 웃고
온 산 진달래는 지금도 붉게 물들었더이다

친구여
커피를 타려거든
빨간 머그잔에 타 주시게
못다 한 사랑
그 뜨거운 입술에 입 맞추게….

백령도 콩돌해변

싸그락 싸그락
바닷가 콩돌들이 대화를 한다
바람이 파도의 등을 떠밀어
그 은밀한 대화를 부추긴다
어디서 왔는지
본래 그 자리에 있었는지 알 수 없지만
억겁의 세월 파도에 부딪혀
서로의 각을 지워주었다

모두 다 둥글다
크기와 색깔은 달라도
모두 다 둥글다
모양과 촉감은 달라도
모두 다 둥글다
출신과 태생은 달라도
모두 다 둥글다

더 오랜 세월이 흐르면
더 이상 비벼도 작아지지 않는
고운 모래가 되겠지
더 오랜 세월이 흐르면
바람을 타고 허공으로 흩어져
또다시 긴 순환의 淵源(연원)이 되겠지….

무소유

만족의 기대치가
높아지면 높아질수록
탐욕의 그림자는 길어진다

그대
두 손에 가득 쥐고
무엇을 더 얻으려 하는가

이슬처럼 내렸다
구름처럼 머물다
바람처럼 가는 인생
한 줌의 미련조차
내 것이 아니라오.

슬피 우는 건 당신만이 아닙니다

내가 짊어진 삶의 짐이
아무리 무겁다 해도
내 아버지만 하더이까

내가 걷고 있는 이 가시밭길이
아무리 험난하다 해도
내 할아버지만 하더이까

우리가 오늘 이 자리에 있는 것은
선조들의 피와 땀의 은공이요
우리가 오늘 이 길을 걷는 것은
선조들의 고귀한 희생 덕택입니다

그대 아픈가요
그대 슬픈가요
우리의 엄니들은 아파도 참고
슬퍼도 울지 못했다오
타인의 평범함을 사치로 여기며
오늘을 일궜다오

슬피 우는 건 당신만이 아닙니다
어젯밤 살을 에는 삭풍에
강가에 마른 갈대도
밤새 서걱서걱 울더이다.

일상

천둥 번개를 치며
반나절을 내리붓던
폭풍우 지나간 하늘에
두둥실 뭉게구름이 떠갑니다

상념의 뿌리를 캐어
혼돈의 늪 속에 심다가
문득, 고개 들어 먼 하늘을 보니
흘러가는 구름 속에 내가 있습니다
볼 수는 있지만 잡을 수 없고
형태는 있지만 만질 수 없는 구름이
무심히 나를 내려보며
삶의 허탈이 가져다준
노스텔지어의 긴 혓바닥을 낼름거립니다

지나온 길은
저마다 나름의 의미가 있겠지만
지나갈 길은
아직도 안개비가 자욱한 아침 같습니다
하지만 안개 낀 날엔
반드시 해가 뜬다는 믿음이 있기에
오늘도 세속에 찌든 누더기를 걸치고
또다시
지친 나를 세상 밖으로 밀어냅니다.

가시나무새

헤어져도 울지 못하는
나는 가시나무새입니다
떠나가도 붙잡지 못하는
나는 가시나무새입니다
서러움 빗물처럼 목젖을 적셔도
심상에 박힌 말 한마디 못 하고
그저 그 눈물 꾸역꾸역 삼키며
먼발치서 멀어지는 그대 뒷모습을
번지는 시선으로 따라갈 뿐
달려가 붙잡지 못하는
나는 가시나무새입니다

사랑하는 것은
사랑받는 것보다 행복한 일
나 그대를 사랑하였음에
추호도 후회하지 않습니다
사랑하는 것은
상대의 자유를 구속하지 않는 것
먼 훗날 그대 다시 돌아온다면
맨발로 뛰어나가 품겠지만
설령 그대 다시 볼 수 없다 해도
그대 사랑 품고 꿈결처럼 살겠습니다

사랑하는 만큼
사랑받으려 하는 것은 욕심이요
사랑하기에 내 안에 가두려 하는 것은
상대를 사랑하지 않는다는 반증입니다
사랑은 스스로 그러합니다
인위적 메스를 가할 때
애증의 상처는 깊어지고
그 베인 상처를 안고
사랑은 부초처럼
수면 위의 방황을 시작합니다
바람이 부는 대로….

사랑은 오늘도
뜨거운 영혼 속에 봄비처럼 내립니다

사랑하지만
사랑한다고 말하지 못하는
나는 가시나무새입니다.

4부

내 마음의 숲

◦ 모래

사구 위에 오줌을 눈다
모래는 수억 년간의 갈증에
스펀지처럼 오줌을 흡입한다
하지만 품을 수 없다
흘려보낼 뿐….

모래에게
물은 세월이다
애타게 기다리다
곁을 스쳐 지나가는 것을
그저 물끄러미 바라볼 뿐
결코 끌어안을 수 없는….

물이 흐르는 것은
수평을 이루려는 노력
언제쯤 수직의 낙하는
고찰의 번뇌로 흘러
평온한 안식에 이를까?

◦ 아귀다툼

꽃이 피고 잎이 나고
꽃이 지고 잎이 나고
잎이 나고 꽃이 피고
꽃과 잎이 같이 피고

무엇이 더 옳다고 시끄럽더냐

중요한 건
꽃이 피었다는 사실일진대

더 중요한 건
꽃은 반드시 진다는
사실일진대….

4차원(내 안의 나)

무언가가 있다
그에겐 내게 없는 무언가가 있다

섬광처럼 빛나는 아우라에
그 앞에서 나는 청맹과니가 된다
번데기를 탈피한 나비처럼
허공 속을 훨훨 날아다닌다
형이상학의 정점에서
일상적 통념은 무장 해제되고
보편적 가치는 먼지가 된다

그에게 나는 숨죽인 파김치
늘 꼿꼿하게 서 형이하학의 군주처럼
하늘을 찌르던 촉수는 흐물흐물 누워버린다
그대의 영혼은 소금이고
그대의 언어는 물이던가
나는 오늘도 그 안에서 숨이 죽는다

무언가가 있다
그에겐 내가 모르는 무언가가 있다.

4월과 5월 사이

창밖에 와 있는 5월이
4월의 등을 떠미는 밤
끝내 아쉬운 4월이
주섬주섬 짐을 챙긴다
짐이랄 게 뭐 있더냐
훌훌 털고 일어나
자리만 내주면 되는 것을….

4월은 참 바지런했다
머언 남국의 바람을 데려와
잠든 대지를 깨워
초록의 융단을 짓게 하고
앙증맞은 작은 들꽃들을 수놓았다
벌거숭이 나무들에
초록의 옷을 입히고
농부들을 부추겨
결실의 싹을 움트게 했다

4월이 떠나는 밤
홍조 띤 얼굴에
빨간 립스틱을 바른 5월이
벌과 나비를 데리고
창밖을 서성이고 있다.

대중의 메커니즘

지구라는 행성에 잘못 떨어진 씨앗이 싹을 틔웠다
기후와 토양이 맞지 않아
토악질을 감내하며 뿌리를 허공 속으로 내밀었다
문어발처럼 땅속 깊이 가지를 박고
몸집을 키워 가는데
여기저기서 부동하여 손가락질을 한다
물구나무섰다고, 그렇게 살지 말라고
내가 보기엔 그들이 거꾸론데
주위를 둘러보니 모두 다 그렇게 살고 있다
하지만 나는 개의치 않고 내 방식대로 살았다
왜냐하면 내가 온 행성에선 이것이 일반적 삶이니까
이렇게 살 수밖에 없고
이렇게 사는 게 마음 편하니까
이것이 적응 집중한 내 조상의 행성에선
대중의 보편적 메커니즘이니까

많은 세월이 흐른 어느 날 주위를 둘러보니
나와 같이 사는 무리들이 나타났다
그들은 오염된 땅에 뿌리를 박을 수 없어
나처럼 허공에 뿌리를 뻗기 시작했다
그들 또한 나처럼 무한한 에너지를 흡수하며
자유롭게 허공 속으로 거침없이 뿌리를 뻗어 나갔다
서로의 뿌리를 엮어 허공에 견고한 구조물을
구축하고 혈맥을 이어

서로에게 부족한 양분을 주고받았다
하지만 대중들은 그들을 도틀어 손가락질만 해댔다

많은 세월이 흐른 어느 날
지각이 뒤틀리고
맨틀의 동공이 열려 천지가 개벽하던 날
땅은 하늘이 되고 하늘은 땅이 되었다
지소하며 서 있던 모든 것이 소멸하고
물구나무섰던 모든 것은 살아남아
마침내 올곧게 바로 섰다.

◦ 사랑

붉은 입술에 꿀을 바르고
사랑한다 말해야 사랑인 줄 알았다

다가가 두 손을 잡고
두 눈에 하트를 그려야
사랑인 줄 알았다

한 아름 선물을 받고
선물이 고가임을 알 때
사랑인 줄 알았다

넓은 가슴에 안기어
뜨거운 키스에 귓불이 뜨거울 때
사랑인 줄 알았다

멀리서 바라보는
애잔한 눈길을
사랑은 알아채지 못했다

스치는 바람에
묻어오는 정열을
사랑은 감지하지 못했다

알 수 없는,
왠지 모를 그 감정을
사랑은 인정하지 않았다

곁에 있을 때 느끼는
애틋한 손길을
사랑은 선택하지 않았다

어느 날 문득
허공을 가르며
맴돌다 떨어지는 낙엽에
시선이 멈출 때
동백꽃이 통째로 땅에 툭 떨어지는
소리를 들을 때
그때서야 불현듯
그것이 사랑이었음을 알았다.

젊은 날의 초상

그대를 만나고 걸었던 그 길을
나 지금 걸어갑니다
나뭇잎 사이로 부서진 햇살이
참 다정합니다
에움길 걷다가 그대와 앉았던
벤치에 앉아봅니다
말간 하늘에 떠가는 구름이
내게 손짓합니다
다가온 바람이 내 곁에 머물다
툭 치고 지나갑니다
이제는 남이 된 그대의 모습이
바람 같아서 잠시 따라갑니다
돌아본 벤치에 떨어진 낙엽이
그대 같아서
돌아와 그 옆에 다시 앉습니다
많은 세월을 돌아왔습니다
참 많이 변했습니다
그대가 앉았던 퇴색된 벤치를
가만히 쓰다듬습니다
싱그런 젊은 날의 초상이
낙엽처럼 바람에 날아갑니다.

달의 무게

달을 저울로 달 수는 없지만
마음에 담아 보니 천근만근,
천만 근이다

달을 저울로 달 수는 없지만
오늘 밤 술잔 위에 떠 있는 걸 보니
종잇장처럼 가볍다

달을 저울로 달 수는 없지만
강물에 떠밀리지 않는 걸 보니
내가 진 삶의 무게만큼이나 무겁다.

이면에 대한 감사

우리는 보이는 것만 보고
아니 때로는
그조차 제대로 보지 못하고
살고 있는지도 모른다

훌륭한 젊은이의 뒤에서
헌신하는 부모의 모습을,
행복한 가정을 꾸리기 위해
희생하는 가장의 모습을,
깨끗한 거리를 유지하기 위해
궂은일을 마다치 않는
환경미화원의 모습을,
놀라운 업적을 이룬 이가
하얗게 태운 밤의 치적을,
나를 사랑하는 이가 나를 위해
밤새워 흘린 눈물의 기도를….

가을날
노랗게 익은 한 톨의 벼 이삭 속에는
한 해 동안 땀 흘린 농부의 노고가 스며있다
하루 세끼,
우리는 그것을 평생 먹고살았음에도
당연지사로 묵살해 버렸다
오늘의 우리를 위해서

자신을 희생해야만 했던
아버지, 아버지의 아버지,
아버지의 아버지
또 그 아버지의 아버지들….

우리는 오늘도
세상에 존재하지 않는
무형의 가치를 창조하는 작가의 작품을 보며
혼신을 다한 작가의 노력과 열정은
간과하고
타고난 재주라 치부해 버렸다

우리는 오늘도
보이는 것에만 집착하고
그것을 얻으려 발버둥 쳤다
보이지 않는 것
볼 수 없는 곳에 더 크고
소중한 가치가 있음을 깨닫지 못하고….

7할의 법칙

삶은 언제나 녹록지 않다
30% 부족함의 연속, 앞서가는 그림자처럼
아무리 발버둥 쳐도 따라잡을 수가 없다
미상불, 세상에 풍족한 삶을 사는 이가 있을까?
거지에게 물어봐도 억만장자에게 물어봐도
언제나 30% 부족하다

인간의 욕심 그릇은
아무리 부어도 아무리 채워도
70%밖에 차지 않는다
그릇은 탐욕으로 만들어져
아무리 큰 것을 담아도
아무리 많은 것을 담아도
그 크기만큼, 그 부피만큼 커지고 늘어난다

우리는 7할의 법칙 속에서 살아왔음에도
가득 참을 인정하지 않고 부족함을 탓한다
여백이 있는 삶,
동양화는 30%의 여백이 있을 때 아름답고
7:3의 가르마일 때의 얼굴이 자연스럽고
7할이 찬 소주잔이 부담 없이
마시고 싶은 욕구를 자극한다.

가을

굳게 봉한 비비추 꼬투리
입을 벌리고
풀섶에 토끼 눈 같은 맥문동 씨
그렁그렁 맺히면
파란 하늘 주저리주저리 얽힌
서러운 가을이 익어간다

울타리에 핀 한 송이 장미
멍하니 바라보다
속 봉오리 열지 못한 네 처지가
내 신세 같아 걸어온 길 되돌아보니
아무도 없는 길
길게 드리운 그림자만
등 뒤에 서서 아직 해가 남았으니
어서 가라 발길 재촉한다

해가 지고 달이 뜨고
달이 지고 해가 뜨고
산을 넘고 강을 건너
길을 찾아 걷고 또 걷고
참 열심히 걸어왔거늘
내 욕심은 늘 **蛇足**(사족)에 못 미치누나.

◦ 판결

판사가 피고의 운명을 결정짓는 것처럼
더 큰 모순이 있을까
누가 누구를 판결한단 말인가
똥 밟은 개가 겨 묻은 개의
운명을 결정짓는다?
치아 없는 개들이 웃을 일이다

판사의 판결에 굴복해야 하는 피고처럼
억울한 사람이 있을까
누가 누구를 굴복시킨단 말인가
돈과 권력의 유무가
죄의 유무인가?
벼슬 없는 닭들이 짖을 일이다

우물 밖에서 바라보는
우물 안의 아귀다툼은
참 가관이 아니로고….

◦ 유랑잔상

여행은 나를 만나러 가는 길
스치는 바람 속에도
길가에 핀 작은 들꽃 속에도
쓰러져가는 고목의 등가죽에도
흘러가는 저 먹구름 속에도 내가 있다

태어나는 순간부터
누군가의 그 무엇이었다
거부하고 싶어도 거부할 수 없는
외면하고 싶어도 외면할 수 없는….
그 질긴 인연의 끈을 놓지 못해
어제도 비 오는 날 비질하듯
하루를 견뎌냈다

저 푸른 창공을 나는 새는
그것을 뭐라 할까
부자유를 향한 허울의 두꺼운 민낯?
새는 자벌레처럼 기어가는
나를 내려보며 무슨 생각을 할까
마치 파탈의 경지에 든 선승처럼
내 몸을 칭칭 감고 있는 인연의 끈을
어서 자르고 같이 날자고 하는 듯하다.

고립무원

조금 아프면
아프다고 할 수 있지만
치명상을 입으면
그조차 말할 수 없다

안개에 가려진 산,
모두가 안개라고 했다
산은 분명 존재했다
하지만, 안개는 걷히지 않았다

레테의 연가 소리 사라진 어느 별에
황혼이 물들고
직립만을 고집한 숭고한 정신은 미아가 됐다
새장에 갇힌 새처럼
사슬에 묶인 영혼 수렁에 빠져
굼벵이처럼 꿈틀대다
가난은 무죄라는 등식에
정의가 반드시 승리한다는 등식에
악의 심판과 천국이 존재한다는 등식에
안개에 가려진 산의 실체처럼
이면 뒤에 존재하는 진실이란 등식에 사선을 그었다.

虛像(허상)

지는 해를
손가락으로 집어 먹었다
먹고 먹고 또 먹고
태양이 서산을 향해
천천히 뚝뚝 떨어졌다

태양이 서산에 걸터앉자
나의 손가락질은
더욱더 바빠졌다
허공에서 입으로
입에서 허공으로

태양이 서산을 넘어가자
나의 손가락질이 멈췄다
배가 부르지 않았다
그렇게 먹었는데도 허기가 밀려왔다
노을처럼 얼굴이 빨개졌다
나는 지금까지
무엇을 먹고 살아온 걸까?

코로나 바이러스

서로가 서로를 조심하고
서로가 서로를 경계하며
또 그렇게 하루가 저물었다

인간의 탐욕이
잠자는 좀비들을 깨워
천지를 지옥으로 만들었다

모두들 입을 봉하고
작은 기침 소리에도 경악하며
홍해 바다처럼 갈라졌다

하지만
꽃은 피었다
남녘에 동백꽃이 피고
홍매화가 꽃망울 터트리듯
냉랭한 사람의 마음속에도
꽃이 피기 시작했다
인향은 최전선 대구에서 피어올라
변방으로 변방으로 퍼져 나갔다.

萬行淚(만행루)

결코 닦을 수 없다
그것은 가슴속에서 차고 넘치는
눈물이라 닦아도 닦아도
끝없이 끝없이 흘러넘친다
눈을 감아도 다른 생각을 해도
시끄러운 음악을 들어도

이제
슬플 땐 슬퍼하자
눈물이 나면 내버려 두자
눈물은 슬픔의 통로
슬픔의 소통에 제동을 걸 때
불통은 시작되고
끝없이 흐르던 눈물이 멈출 때
새로운 시작이 시작된다

사람으로 태어나
만행루를 경험하지 못한 삶은 불행하다
하지만, 만행루를 경험하고 똑같은
삶을 사는 사람은 더더욱 불행하다
그 정점에서 절대 회귀하지 말고
그 허탈의 텅 빈 공간에 새로운 그림을 그리자
만행루는 변환점,
그 정점에서 화려하게 비상하자.

군락의 미학

큰 꽃은
한 송이일 때
시선을 받고
작은 꽃은
군락을 이룰 때 아름답다

세상에 태어나
누군들 한 송이 큰 꽃으로 피어
시선을 받고 싶지 않았으리
모진 풍파 이겨내고
홀로 우뚝 서서
크고 화려한 자태를 뽐내며
이게 나였음을 증명해 보이고 싶지 않았으리

하지만
우러름을 받는 것은
상대를 힘들게 하고
내려름을 받는 것은
상대를 편안케 하는 것
낮은 곳에 임해 군락을 이룰 때
삶은 아름답다.

* 내려름은 사전에도 없는 제가 만든 신조어입니다.

○ 몫

이래도 한평생
저래도 한평생
어떻게 살든
무엇이 되든
그것은 각자의 몫

범자로 살려면
오늘에 충실하고
칭송을 받으려면
도야에 힘쓰고
우러름을 받으려면
정상에 오르라

오늘은
어제의 결과이고
내일은
오늘의 결과이다
과거로 돌아가
오늘을 바꿀 순 없지만
새로운 오늘의 시작이
미래를 바꾼다.

◦ 민들레

밟히고 밟혀도
우뚝 일어섰다
짓밟히고 짓밟혀도
다시 또 일어섰다
난 잡초다
누구 하나 물 한 번 주지 않고
돌보는 이 없고
언제나 관심 밖에서 살아가지만
삶을 포기하지 않았다

저어기
정원의 아름다운 꽃들과
단아한 자태의 나무들은
오늘도 정원사의 살뜰한 보살핌으로
생기가 발랄하다
나를 밟고 선
뭇사람들의 다정한 눈길이
그들을 어루만지며 찬미한다
고개를 바짝 쳐든
그들의 자태가 도도하다

하지만 난
그들이 결코 부럽지 않다
삼라에 존재하는 모든 유기체의 소임,

나는 오롯이

그 소명을 완수하기 위해

어떠한 역경도

참고, 버티고, 견뎌내

꽃을 피우고

홀씨를 만들어

어느 바람 부는 날

허공에 훨훨 날려 보내리라

유구한 세월

내 조상들이 그래왔던 것처럼….

제비꽃

비 맞은 꽃들이 툭툭 떨어지던 날
거두어 간 시선의 끝,
그 시선의 그림자조차 그리워
화려했던 젊은 날의 미소년이 사무치게 보고 싶어졌다
함박꽃 속 작은 꽃송이보다 많았던 소년의 수많은 꿈들,
단아한 외모에 꽃보다 아름답던 소년의 미소,
그 미소를 다시 한번 보고 싶었다

미친 듯 차를 몰아
그 소년이 살았던 동네로 달려갔다
커다란 은행나무는 그대로인데
옆에 있던 경로당과 초가집은 사라지고
은행나무보다 키 큰 아파트 숲들이
은행나무를 굽어보고 있었다
눈을 감고 은행나무를 더듬으며
나무 주위를 빙빙 돌았다
하지만 그 옛날 은행나무와 너른 마당에서
뛰놀던 소년은 나타나지 않았다

에움길 돌아 산에 올랐다
기억의 저편 군데군데에
소년은 머물다가 사라지고
사라졌다 나타나길 반복했다

인적 드문 산 중턱,

커다란 소나무 밑 작은 바위 위에

소년은 앉아 있었다

온종일 흘린 소년의 눈물로

계곡의 물은 불어 폭포처럼 쏟아지고

아무도 찾지 않고

어여삐 바라보는 이 없어도

소나무 아래 제비꽃 한 송이

정갈한 자태로 아름답게 피어

나를 바라보고 있었다.

절벽 틈의 소나무

나인들
이곳에 살고 싶었겠는가
태어나 보니 이곳이더라
높은 산 바위틈
흙 한 줌 없고 물 한 방울 없는
차가운 절벽 바위틈
나는 여기서 태어났다
발아래는 천 길 낭떠러지
북풍한설도
복중폭염도
오롯이 홀로 견뎌야 한다
온몸에 생채기가 나고
사지가 뒤틀려도
나에게 주어진 소명은
살아 내어 살아 있음을 증명하는 것

나인들
온실 속의 따뜻한 손길이 부럽지 않았겠는가
나인들
이 모습으로 살고 싶었겠는가
살아가다 보니
살아내다 보니 이 모습이더라
사람들아
생존의 권리를 존중하라

---

140   立天觀井

그대 무심코 지나는 발길에

이름 모를 잡초가 신음하듯

그대 무심코 내뱉는 언행에

수많은 사람들이 고초를 겪나니

그대가 아무리 잘났다 해도

돌아갈 때는

허울의 옷을 입고 갈 수 없고

그대가 아무리 잘났다 해도

하늘 아래 땅 위를 걷듯

그렇게 사람들이 살고

또 그렇게

모든 사람들이 어우러져 살다 가느니….

* 주명: 어느 날 홀로 떠난 산행, 정상에 앉아 발아래 낭떠러지 절벽에 있는 키
   작은 소나무를 보고 있다가 문득, 얼마 전 아파트 경비원의 부고가 클로즈업
   되어 쓴 시입니다.

노부부

이 밤이 아름다운 건
당신이 곁에 있기 때문입니다
밤하늘 수많은 별이 빛나고
아직도 당신의 눈 속에
그 많은 별들을 헤아릴 수 있는 건
당신의 맑은 눈 속에 함께한 추억이
오롯이 담겨있기 때문입니다

참 모진 세월
우리는 함께 걸어와
이 밤에 앉아 있습니다
비바람 치는 거친 광야를 지나
높은 산을 넘고
넓은 강을 건너고
깊은 협곡을 빠져나와
손을 잡고 나란히 앉아
잔잔한 호수를 바라봅니다

주름은 깊고
머리는 백발이 되었지만
당신은 아름다운 나의 꽃
당신은 호수를 바라보지만
나는 당신을 바라봅니다
풍화된 계곡처럼 깊은 주름 속에

함께한 세월이 스며있고
머리 위에 내린 하얀 눈은
참고 견디어 준
당신의 사랑이 켜켜이 쌓여 있습니다

오늘 밤 호수에 잠긴 달보다
당신의 눈 속에 뜬 달이
더 환하고 아름다운 까닭은
당신은 영원히 지지 않는
나의 꽃이기 때문입니다
지금, 이 순간
내 삶이 아름다웠노라
말할 수 있는 건
늘 당신과 함께였기 때문입니다.

◦ 담쟁이

왜 오르냐고?
절벽이니까

평지는 너무 밋밋해
두려움을 느낄 수 없어
낙하의 짜릿한 공포는
삶의 궤적을 관통하는
열정의 화살
뜨거운 화살촉에 심장이 찔릴 때
수직의 직벽에 발을 붙이고
한 뼘 더 높이 타고 오른다

왜 오르냐고?
기어가면 밟히니까….

5부

인생길

◦ 집

개미처럼 일했다
왜?
내 집을 사려고

마침내 집을 샀지만
너무 많은 세월이 흘렀다
삭신이 아프다

사람들이 떠난다
텅 빈 집만 덩그러니….

장맛비 내리는 밤

세찬 빗줄기 미친 광대처럼
한바탕 춤을 추고 지나간 후
사위가 고요로 분칠을 했다
그 틈을 타 와동들 노랫소리
우렁차더니 세찬 바람에 잠시 움찔한다

초저녁 잠시 나를 재웠던 잠은
낯선 타인처럼 사라지고
선명한 의식은 짙은 어둠 속을 서성이다
장송 우둠지 끝에 걸터앉았다

상념 가득 실은 나룻배
삐걱삐걱 어둠 속을 가르다
잠시 머문 시선 끝 시소를 탄다
영혼은 시선의 동반자
청각은 영혼의 방향키
나룻배 여명의 턱 넘을 즈음,
다시 또 와동(蛙童)들의 합창이 시작됐다.

* 와동 = 개구리(말 많고 탈 많은 범인들을 비유)

황혼의 그림자를 밟고

그땐 몰랐지
평범한 일상이 힘에 겨워
살아내느라 바빴지
그저 내 가정 평안하고
내 새끼들 무탈하게 잘 크기만
염원하며 열심히 살았지

이내 하루가 한 주가 되고
한 주가 한 달, 한 달이 한 해….
그렇게 십 년, 이십 년, 삼십 년….
돌이켜 보면 하룻밤 꿈같은데
지금 거울 앞에 서 있는 사람은
낯선 사람처럼 나를 바라본다

타인의 평범함을 사치로 여기며
살아온 한평생,
산산이 부서진 꿈의 파편들은
붉은 노을빛에 타 사그라져 가고
지팡이에 의지한 노인의 두 다리는
그 옛날 젊은 시절로 돌아가기엔
힘에 부침을 시인하네

노인의 그림자를 밟고 서서
염해 두었던 꿈들을 헤아리니

돌아선 발걸음이 바빠졌다
아직 나에겐
튼튼한 팔다리가 있고
명료한 의식이 있고
꿈을 향해 노 저어 갈 수 있는
열정이 남아 있다

그래 아직 늦지 않았어
다시 시작하는 거야
지금까지의 삶은 연습이었어
죽음과 마주한 사람의 가장 큰 회한은
죽음 자체보다
하고 싶은 꿈을 이루지 못한 것에 대한 후회

비록 꿈을 이루지 못한다 해도
그것은 그리 중요하지 않다
가장 중요한 것은
하고 싶은 일을 하고 있다는 사실,
가장 가여운 사람은
꿈을 바라만 보고 있는 사람이고
가장 불행한 사람은
꿈이 없는 사람이다
꿈을 꾸는 사람처럼

행복한 사람은 없고

꿈을 향해 나아가는 행보처럼

씩씩한 발걸음은 없다.

* 해거름 산책길에 노을을 바라보는 노인의 뒷모습을 바라보며.

자식

똥을 더럽다고 말하지만
우리는 똥을 먹고 살았습니다
죽음을 두려워하면서
우리는 죽음을 먹고 살아왔습니다
무엇이 더럽고
무엇이 두려운가요

똥이 썩어 거름이 되고
죽은 나무에서 버섯은 자랍니다
오늘도 몸이 쏟아낸 배설물을 먹고 자란
과채 샐러드를 먹으며
고목이 된 부모님의 몸에서 꽃처럼 피어납니다

부모의 뼈를 깎고
살을 발라 먹은 자식은
주어도 주어도 끝이 없고
받아도 받아도 언제나 부족하다 합니다
더 이상 줄 게 없어 가슴 시린
부모 속을 긁어 생채기를 냅니다
하지만 언제나
자식은 부모님 앞에 도도합니다.

° 공(空)

한 잔의 커피를 마시며
담배를 입에 물었다
피어오른 연기 허공 속을 배회하면
잠자던 영혼 깨어나
심연의 골짜기를 유영하다
범계의 언덕을 훌쩍 뛰어넘었다

끝없이 반복되는
비례 대응의 족쇄를 풀고
나비처럼,
새처럼,
바람처럼,
시비의 반목이 티끌로 보일 때까지
자유롭게 높고 멀리 날아갔다

세상이 점으로 보일 때
오도송이 울려 퍼졌다
인생사는 일상의 반복으로 이어진 길,
그 길을 걸으며 시비를 가리고 반목하다
그 길의 끝에 서서
회한의 눈물을 흘리는 사람들이 안쓰럽다
하지만 더 높이 올라
사바세계가 점에서 사라지는 순간,
삶은 텅 빈 강정이었다
깨달음조차….

맹꽁맹꽁 티격태격

맹꽁맹꽁 맹꽁맹꽁
맹꽁이는 두 마리다
한 놈은 맹만 하고
한 놈은 꽁만 한다
맹꽁이는 함께 울 때
비로소 맹꽁이가 된다

티격태격 티격태격
두 사람이 언쟁을 벌인다
한 사람은 자기가 옳다 하고
한 사람도 자기가 옳다 한다
둘은 다투며 우정이 깊어지고
비로소 친구가 된다

비 오는 날
맹꽁이는 맹꽁맹꽁
사랑이 익어가고

어두운 밤
두 친구는 티격태격
우정이 깊어간다.

그대는 주인공입니다

어디에 있든
어디를 가든
무엇을 하든
언제나
그대가 서 있는 곳은 세상의 중심,
삼라만상이 그대를 호위하고
그대를 바라봅니다

누가 그대를 아웃사이더라 했던가요
누가 그대를 조연배우라 했던가요
그대는 무대의 중심에 서 있습니다
세상은 그대를 위해 존재하고
세상은 그대가 있어서 존재합니다

주위를 한 번 둘러보세요
지금, 이 순간
그대 주위에 있는 모든 것이 무대이고
그대 주위에 있는 모든 사람들이
그대와 함께하는 조연배우입니다
'언제나 조연이다.' 생각하는 사람은
오직 그대 자신일 뿐….

소나기

잠시 피하면 될 것을
그대로 가다가 흠뻑 젖었다
처마 밑이든
다리 밑이든
잠시 쉬어가면 될 것을

세차게 쏟아붓는 소나기에
온몸이 푹 젖었다
잠시 후
언제 그랬던가 하고
파아란 하늘이 내려본다

감기몸살로 며칠을 앓았다
가던 길 잠시 멈췄으면 될 것을
처마 밑이든
다리 밑이든
잠시 멈췄으면 될 것을….

빌딩 숲 아래서

협곡의 바람처럼
고샅길 빠져나온 아이들
넓은 세상 속으로 흩어졌다
깊은 산 유곡 연어 치어들처럼
얕은 여울목에서 뛰놀다
넓은 바다로 흩어졌다

언제부터인가?
태어나 자란
도시의 변두리 골목은
뭉개져 사라지고
거대한 성들이 우뚝 서
물길을 막았다

성어가 된 치어들,
어디에 있나
어디로 갔을까
회색 도시 손바닥만 한 그늘 밑
연어 한 마리 숨비소리
가쁜 날숨을 토한다.

◦ 이미

너를 알고 싶어졌을 때
너의 시선 다른 곳을 향하고
너를 사랑하게 됐을 때
너는 바람 되어 흩어졌다

사랑은 첫눈에 박히지만
사랑은 익숙함을 요구하고
사랑은 첫눈에 달궈지지만
사랑은 냉정함을 요구했다

차분한 감정이
이해타산을 저울질할 때
스쳐 잠시 맴돌던 사랑
멀리 석류나무 가지 흔들며 지나갔다
잠시 후
붉은 석류가 땅에 툭 떨어졌다
가슴을 쳤다.

강가에서

깊은 상념 혼돈 속 심상에 출렁이다
장맛비 흙탕물 속으로 뛰어들었다
자맥질이 서툰 상념은 허우적대다 몇 번이고
세파에 발이 감겨 고배를 마시고
거센 물결에 휩쓸려 떠내려갔다

본질의 핵심을 찾으려는 자아는
무의미의 분신처럼 강바닥을 훑다가 수장되고
밤새 빗물에 씻긴 산의 영혼은
허름허름 하늘로 승천하는데
일상의 탐욕을 꿈꾸는 보편적 자아는
강둑에 걸려 뭍으로 기어 나왔다

흐르다 맴돌다 부딪치며
오늘도 강물은 쉼 없이 흘러가지만
보려고 하는 것은 가라앉고
보여지는 것만이 수면 위로 부상했다
사라지는 의미는
살아남은 액면의 거울 뒤에 숨은 진실,
오늘도 거울 앞에 서서
거울에 비친 자신을 타인이라 착각하며
강둑을 걸어간다.

인간은 사라져도 매미는 운다

인구절벽 옆 나무에
매미 한 마리 힘차게 울어댔다
한낮의 더위도
천적의 공포도
암매미를 애타게 부르는
수매미의 구애를 막지 못했다
대를 이으려는 동족 본능의
노랫소리를 멈추게 할 수 없었다

어두운 땅속에서
애벌레로 몇 년을 살다가
땅 위로 올라와 허물을 벗고
보름 남짓 살지만
수억 년 전 조상이 그랬듯이
거부할 수 없는 숭고한 업보에 순응했다

그 나무 아래
새댁들 한 무리가 시끄럽게 지나갔다
아직 아가씨인 듯
아직 아줌마도 아닌 어여쁜 새댁들이
유모차에 이쁜 개 한 마리씩을 태우고
순간, 허공 어딘가에서
마침표 하나가 툭 떨어졌다.

내 마음

물도 아니요
술도 아니요
꽃도 아니다
하지만
물병에 담으면 물이 되고
술병에 담으면 술이 되고
꽃병에 꽂으면 꽃이 된다

지렁이도 아니요
야생마도 아니요
군함새도 아니다
하지만
흙을 만나면 기어가고
초원을 만나면 달려가고
하늘을 만나면
가장 높이 가장 멀리 날아간다

빛도 아니요
어둠도 아니오
경계도 아니다
하지만
빛을 감싸고
어둠 속에서 빛나며
경계를 구름처럼 넘나든다.

홍수

메마른 영혼을 깊게 파헤쳤다
개울가 모래톱 파낸 자리
새 물 나오듯 상념들이 스멀스멀 새어 나왔다

밤이 깊어도 빗방울은 거세다
오랜 장마 물 폭탄이
경계를 무너뜨렸다
어디까지가 강이고
어디서부터가 논이었던가

원상복구?
인간의 탐욕은 자연의 경계를 침탈했고
분노한 자연은 자신의 영역이었음을 확인시켰다.

魚流釜中(어류부중)

초록 융단에 바람이 부니
파도의 잔물결이 논둑가로 달려갔다
유난히 길고 긴 장마철
달포째 해를 못 본 벼잎들이
수해를 입은 사람들처럼
하늘을 향해 저마다 아우성이다

푸른 숲을 파헤쳐 집을 짓고
너른 갯벌을 덮어 들판을 만들고
지나친 화석연료 사용으로
늘어난 이산화탄소는
대기의 이불이 되었다
마침내 지구는 점점 더 뜨거워져
남극대륙의 빙하를 녹여
이상기후를 초래했다

더 늘어날 수많은 자연재해는
결국 인간이 만든 인재
하지만 사람들은
가마솥 안의 물고기들처럼
물이 뜨거워지는 것도 모른 채
들판의 옥수숫대처럼
키재기만 하고 있다.

옥수숫대

가지 채비에 물음표를 달았다
산발한 머리 위 꽃잎이 떨어지고
옆구리에 품은 생명
젖니가 단단해지면
초록의 외투를 벗고
노란 속내를 드러냈다

팔 없는 몸뚱어리의 아우성
파란 하늘에 지쳐
외로움이 급소를 찌를 때
울분을 토하듯
시린 치아처럼 맺힌 설움
운명처럼 대지에 뿌렸다

의미는 없었다
허공을 찌르며 내처 올라
길어진 몸뚱어리
구름 쓸어내고 푸른 하늘 질러대니
칠정오욕 바람처럼 사라지고
선 채로 말라 열반에 들었다.

봄 마음

따듯한 마음이 스며
꽃을 활짝 웃게 합니다
따듯한 마음이 모여
봄을 노래하게 합니다

따듯한 마음을 받아
사람을 다시 일어나게 하고
따듯한 마음이 어우러져
손잡고 춤을 추게 합니다

용케도 긴 겨울을 잘 견뎠다고
바람이 나무의 마른 등을 토닥이고
지나갑니다
그 칭찬에
나무는 잎보다 꽃을 먼저 피워
활짝 웃고 있습니다.

인생길

주단을 밟기 위해
개똥밭을 지나고
꽃길을 걷기 위해
험한 산을 넘었다

때로는
그곳에 가기 위해
먼 길을 돌아서 가고
때로는
살아있음을
침묵으로 웅변했다

살기 위해 죽고
죽기 위해 사는 삶
오늘도 서산에 해는 지는데
노을빛은 여전히 목이 마르다.

죽은 시인의 사회(社會)

시인들이 壽衣(수의)를 입고
죽은 시어를 亂發(난발)한다
의미도 없고 寸覺(촌각)도 없이
액면조차 감성으로 火葬(화장)한다

시인이 넘쳐나는 세상
시름시름 죽어가는 사회에
생명수를 주는 시인은 없고
죽은 시인들의 장송곡만 요란하다

꽃은 홀로 피어도 아름답거늘
향기는 그냥 두어도 멀리 퍼지거늘
죽은 시인의 언어도단으로
꽃들은 오늘도 흐느끼며 낙화했다.

사랑, 그 꽃

꽃이 피기 전에는
그 나무가
그곳에 있는지조차 몰랐습니다

꽃이 피기 전에는
그 나무에 이렇듯
황홀한 향기가 있는지도 몰랐습니다

꽃이 피기 전에는
그리움에 긴 밤을
홀로 지새울지 몰랐습니다

꽃이 피기 전에는
바라만 보아도
그 애틋함에
가슴 저밀 줄 몰랐습니다

오늘도 따듯한 그대의 체온
가슴에 품고
그대 향기 그리워 길을 나섭니다

예전엔
나와 함께 걷던 그림자가
나인 줄 알았는데

그대였습니다

예전엔
내가 하나인 줄 알았는데
그대와 함께 있을 때
비로소 하나임을 깨닫습니다

꽃이 피기 전에는
그의 존재가 이렇듯
가슴에 사무쳐 서러운,
소중한 존재인지 몰랐습니다

꽃이 피기 전에는….

가을, 파란 하늘에 부서지다

마른 햇살이 허공에 뿌려졌다
바람은 이미 차가운 평정심을 찾았다
바스락바스락 발자국 소리에
쓰쓰쓰 쓰쓰쓰 가을 매미도 숨을 죽이고
횡한 가슴속엔 찬바람이 저몄다

한 무리의 바람이
나무를 흔들고 지나갔다
떨어질 운명을 예감이라도 한 듯
나뭇잎이 일제히 쏟아져
허공 속을 잠시 유영하다
지면에 살포시 내려와
긴 겨울, 잠이 들 대지의 이불인 양
촘촘히 떨어져 켜켜이 쌓여갔다

어린 시절 요맘때가 되면
엄니는 읍내 솜틀집을 찾았지
지난 겨우내 깔고 덮어 눌려있었던
목화솜들이 부풀어 하얗게 일어나는
모양이 신기해 늘 따라다녔던 소년,
새로 튼 목화솜에 풀 먹여 다듬질한 홑청을 씌워
큰 대바늘로 끼우시던 엄니,
소년은 옆에서 대바늘에 무명실을 자신의
키만큼 끼워 기다리다 엄니에게 건네주었지

그날 밤,

엄니가 새로 지으신

요와 이불의 포근한 감촉은

소년을 달콤한 꿈의 나락으로 이끌었지

유난히 추웠던 그 시절

겨울밤 내내…

올겨울도 그러했으면

아니 살아가는 동안 내내….

春山孤獨(춘산고독)

설리화 만발한 오솔길 따라
집 떠난 나그네 산을 오른다
그 누가 쌓았나 작은 돌탑 하나
정성이 모여 탑이 되어 솟았네

졸졸졸 흐르는 계곡 물소리
이름 모를 산새들 화음을 넣고
구구구 애달픈 산비둘기 소리
너처럼 내 마음 외로웁구나

한 뿌리에 태어나도 그리 좋은가
길가에 나뭇가지 얼싸안은 건
이 풍진 세상 힘들어도 의지함인데
어이해 사람 욕심은 하늘을 찌르나

어머니 먼 길 보내고 돌아오던 길
봄비는 하염없이 눈물 적시고
길가에 제비꽃 울고 있더니
오늘은 활짝 웃으며 나를 반기네

지나온 나의 삶 궤적의 액면 말하면
뭇사람들은 그럴 수 없다 믿지 않고
겸손한 거만이라 말을 하지만
사실이 그럴진대 내 어찌하리오

그 누가 만들었나 작은 돌의자
그곳에 잠시 앉아 하늘을 보니
구름 한 점 없는 푸른 하늘은
살아온 날들처럼만 살라고 하네.

그릇

밥을 담으면 밥그릇
국을 담으면 국그릇
반찬을 담으면 찬그릇
사람의 마음을 담으면
대접이더라.

서설 내리는 밤

섣달그믐날 밤
빈방에 덩그러니
눈꽃 같은 세월
찬바람에 날아간다
창가에 홀로 서서
저무는 한 해의 속곳을 헤친다
잘살아 온 건지
잘살고 있는 건지
정답이 없는 삶은
언제나 에움길로 인도했다
자식들은 모두 성장해
제 갈 길을 가고
파와(破瓦) 같은 꿈들은
눈처럼 내리는데
아내의 코 고는 소리
정적을 흩트린다

지나간 것은
그 나름대로의 의미를 부여잡고
나뭇가지에 달린 마른 잎처럼
겨울바람에 서걱거린다
이탄처럼 굳은 신념은
기억 저편의 회한
그 지층을 밟고 걷노라니

숨비소리 탄식처럼 허공에 흩어진다
순간순간 최선을 다했지만
언제나 극단은 부작용을 잉태했다
양심 따라 정직하게 살았지만
언제나 종교는 회개자의 보루
이 나이에
흑백이 뭐 그리 중요하고
이 나이에
세월이 뭐 그리 야속하고
이 나이에
세상을 탓하면 무엇하랴
어차피
아비삭의 따듯한 체온은 어불성설
첫사랑의 애섧픔도
아내와의 깊은 정도
자식에 대한 애틋함도
친구와의 끈끈한 우정도
지층으로 굳어 가는데…

이젠 세상을 품지 말고
거친 세상 올곧게 살아온 나를 품자
병마와의 오랜 사투 끝에
용맹하게 싸워 이긴 소년

소년가장으로 어린 동생들과 홀어머니를 위해 청춘을
불사른 청년
가장으로서의 책무를 다하며
성실하게 살아온 남자
그 사람 말이 없어도
늘 온화한 미소 속에 고통을 감내했다
그 순수했던 열정을 가진
고독한 영혼의 남자
그 가엾은 인생을 위로하며 살자
늘 자제라는 냉장고 속에 자신을 가두고 타인의 평범함을
사치로 여기며 살아온 족쇄를 풀어주자
눈은 하염없이 내리고
자시가 지나 축시로 접어드는데
안방 문틈 사이로
아내의 코 고는 소리가 들린다
그나마 마른 등을 긁어 줄
아내가 곁에 있어 다행이다.